내가 사랑한
영화관

내가 사랑한
영화관

작가의 말

어릴 적 엄마 손을 잡고 극장에 가서 보았던 많은 영화와 극장의 모습이 지금도 잊히질 않습니다. 즉석에서 바로 오징어를 구워주던 매점 아주머니의 빠른 손놀림, 항상 어딘가 쫓기는 듯이 바빠 보였던 검표원, 새로운 상영작에 맞춰 영화 간판을 교체하는 사람들. 검표를 하고 위로 올라가 상영관 문을 열면 보이던 수많은 좌석은 난생처음으로 느껴본 압도감이었습니다. 그때는 너무 어려 깨닫지 못했지만 많은 시간이 흘러도 그 순간들이 그리운 걸 보면 어쩌면 그때부터 이미 영화관이라는 공간을 사랑하고 있지 않았나 싶습니다.

〈링〉을 보며 스크린에서 귀신이 튀어나올까 봐 무서워서 극장 좌석 밑으로 숨어들던 꼬마는 어느새 좌석 밑으로 숨어들지 못할 만큼 커버렸지만 마음만큼은 변하지 않았습니다. 오랜 세월 동안 영화관이라는 공간에 대한 이야기를 꼭 쓰고 싶었습니다. '내가 사랑한 영화관'이라는 프로젝트를 통해 염원을 이룰 수 있어서 행복합니다.

언제나 그렇듯이 책이라는 건 혼자 만드는 게 아닌 많은 사람들의 도움이 필요한 일입니다. 이 책 또한 많은 분들의 도움이 있었습니다. 인디씨네, 씨네아트 리좀, 오오극장, 영화공간 주안, 에무시네마, 광주극장, 대전 아트시네마, 인디스페이스, 독립예술극장 신영, 시네마라 운지MM, 자체휴강 시네마, 인디플러스 포항, 중앙시네마, KU시네마 테크, 국도 예술관에서 공간을 이끌어 나가는 분들이 흔쾌히 이야기를 들려주신 덕분에 활자로 만들어질 수 있었습니다. 고맙습니다. 이 책을 세상에 내어놓기 위해 애써주신 리얼북스 최병윤 대표와 이우경 편집자의 수고에도 감사드립니다. 귀한 시간을 내어 원고를 읽고 소중한 추천사를 써주신 정대건 감독님, 박윤진 감독님, 송일곤 감독님에게도 무한한 애정과 고마움의 인사를 전하고 싶습니다. 세 분의 추천사로 인해 책에 반짝임이 더해질 수 있었습니다.

마지막으로 지금 이 순간에도 영화의 다양성을 지키기 위해 고군분투하는 세상의 모든 독립예술영화관에게 이 책을 바칩니다.

2021년 봄, 진주에서
석류

목차

Ⅱ. 우리가 영화를 선택한 것이 아니라
   영화가 우리를 선택했다

I.

우리는 늘
누군가를 만나
무언가를
나눈다는 것

〈벌새〉

이 사랑스러운 공간을 찾는 발걸음들이 끊이지 않고, 꾸준히 늘어나서 더 많은 사람들이 사랑에 빠졌으면 좋겠다. 내가 처음 이곳에 발걸음을 내딛자마자 사랑에 빠진 것처럼. 누구든 에무시네마에 오면 사랑에 빠지지 않고는 못 배길 테니까.

01

—

차별 없이 소통하는 힘,
진주 인디씨네

진주시민미디어센터에서는 2008년부터 작은 영화들을 매달 두 편씩 선정해 관객들과 만나고 있다. 정기상영이 이루어지기 전에는 밀양 송전탑, 진주의료원 등 현장의 목소리를 기록하던 이들이 조촐하게 모여 비정기적으로 영화를 함께 나누곤 했었다.

그러던 어느 날 독립영화나 예술영화의 방향성이 그들이 지향하는 바와 다르지 않다는 사실을 알게 되었다. 그렇게 만들어진 게 바로 인디씨네. 크게 예쁘거나 특징이 있는 이름은 아니지만, 인디 영화 위주로 상영하는 이 공간의 성격과는 딱 맞는 간결한 이름이다.

인디씨네는 다른 독립예술영화관과 달리 평일 상영 없이 오직 금, 토 이틀만 상영한다. 상설영화관이 아닌 비상설영화관이기 때문이다. 상설과 달리 비상설은 상영일수 제한이 있다. 게다가 미디어센터 일도 함께하고 있기에 상영일을 정해놔야만 했다. 일주일 중에 이틀만 상영을 할 수 있기에 상영하는 두 편의 영화를 고르는 데도 심혈을 기울인다. 한 편은 관객들이 좋아할 만한 작품으로 고르고, 나머지 한 편은 그들이 꼭 소개하고 싶은 영화를 매칭해 선정한다. 그렇게 선

정된 작품은 한 달 동안 상영되고, 짧지만 강한 임팩트를 남기며 관객들과 마주하는 시간을 갖는다. 이곳에서 영화를 보며 어쩌면 많은 영화를 상영하는 것보다 딱 두 작품에만 온전히 집중하는 편이 좋을 수도 있겠다고 생각했다.

진주시민미디어센터는 매년 정기적으로 '진주같은영화제'라는 이름의 영화제도 열고 있다. 지역에서 만들어진 작품을 상영할 기회를 만들기 위해 시작된 진주같은영화제는 2005년 12월 독립다큐멘터리 영화제로 시작했다. 회차가 쌓이며 극영화도 함께 다루게 되면서 이제는 진주 지역의 영화제를 넘어 외연을 넓혀가고 있다.

지역에서 만들어진 영화들은 상영의 기회가 좀체 없기 때문

에 호기심을 갖고 찾아서 보려고 해도 쉽지 않다. 예전에 산청 지역을 배경으로 촬영이 이루어진 〈앵커〉라는 영화의 펀딩에 참여한 적이 있다. 큰 금액은 아니었지만, 지역에서 이런 활동들이 이루어진다는 것만으로도 당연히 참여해야 한다고 생각했다. 작은 손길이어도 관심을 가지고 응원하는 일들이 지속해서 생긴다면 지역에 더 많은 영화인이 남아서 활동하게 되지 않을까 하는 생각도 했다. 진주같은영화제는 그런 면에서 대단한 영화제. 지역의 작은 영화들을 소개하며, 문화의 토양을 쌓아 나갈 수 있는 토대를 만들어주고 있기 때문이다.

매달 마지막 주 토요일 밤, 진주시민미디어센터에서는 특별한 상영이 한 번씩 열린다. 정해진 영화 한 편을 같이 보는 '야간 인디씨네'가 바로 그것이다. 친구 집에서 맛있는 음식을 먹으며 편하게 영화를 보는 컨셉으로 열리는 야간 상영은 주간 상영과는 다르게 자유로운 분위기로 상영이 진행되는 게 가장 큰 장점이다.

　　상영에 참여한 이들이 남긴 기록들로 여러 권의 회지가 만들어질 정도로 인디씨네의 대표 프로그램으로 자리 잡은, 야간 인디씨네. 단순히 사람들과 모여서 영화를 밤에 보는 것 이상의 에너지와 감동이 있기에 지속적인 활동으로 이어지고, 이러한 힘들이 야간 인디씨네를 멈추지 않고 계속 이어지게 하고 있다.

　　인디씨네는 정부나 시에서 지원을 받아 운영되는 게 아닌 민간에서 개인의 후원을 통해 이어지고 있는 공간이기 때문에 항상 운영상의 부담감을 안고 있다. 그런데도 부담감을 이겨내고 운영해나가는 이유는 지역에서 더 많은 사람에게 작은 영화를 알리고자 하는 사명감이 크기 때문일 테다.

　　상영관의 크기가 아담한 탓에 좌석 수가 적어 매표수입이 운영에 별달리 도움이 되지는 않지만 작은 영화를 만들고, 배급하는 사람들에게 있어서 인디씨네는 너무도 소중한 곳이다. 상영을 통해 조금의 수익이라도 생긴다면 순환의 에너지를 가지고 포기하지 않고 한걸음 앞으로 나아가는 힘을 얻게 되니까. 그래서 인디씨네는 단 한 명의 관객이라도 원한다면 언제나 상영을 진행한다. 한 명의 관객이라도 소중히 여기는 마음과 작은 영화를 만드는 사람들을 응원하는 마음이 더해져 인디씨네의 영사기는 오늘도 돌아간다.

　　서글서글한 인상과 눈매를 가진 조정주 님은 2010년 12월부터 진주시민미디어센터와 인디씨네를 지켜오고 있는 일원이다. 서글서글함에 정감이 가서 그런지 처음 마주했음에도 마치 자주 본 것 같

은 편안한 느낌이 그에게 있었다.

"진주라는 지역에서 인디씨네의 의미는 저희가 만드는 건 아닌 것 같아요. 저희는 그냥 이 자리에 존재할 뿐이기에, 이곳의 의미를 만들어주는 건 찾아주시는 관객분들의 몫이라 생각해요."

진주에는 CGV, 메가박스, 롯데시네마 등의 멀티플렉스는 다

양하게 있지만 정작 작은 영화를 접할 수 있는 공간은 없어서 인디씨네의 상영시간표가 매달 업데이트 되는 걸 확인하고 있으면 괜스레 안심된다. 다른 지역으로 굳이 건너가지 않아도, 진주에서 작은 영화를 볼 수 있다는 사실은 큰 위안이다. 그렇기에 그의 대답에 나는 '존재 자체로도 의미가 되는 공간.'이라는 말을 해주고 싶다.

작은 공간만이 가지는 고유한 분위기가 있다. 빽빽하게 좌석이 늘어선 멀티플렉스에서는 느낄 수 없는 포근하고, 소소한 느낌. 대형 영화관도 그런 점에 주목하고 있는 걸까. 요즈음 부쩍 좌석 수를 줄인 리클라이너 좌석을 갖춘 관들이 많이 늘어나고 있다. 그러나 아무리 좌석 수를 줄여도 대형 체인은 절대 작은 영화관이 가진 분위기까지는 따라 할 수 없으리라 생각한다. 작은 영화관의 분위기는 쉽게 따라 하기 힘든 특유의 아늑함을 지니고 있기 때문이다.

"저는 〈그르바비차〉를 인생 영화로 말하고 싶어요. 세르비아의 전쟁 기간에 인종청소라는 이름으로 자행된 집단 강간의 피해자와 그녀의 딸에 관한 이야기예요. 어느 영화제에서 친구와 함께 보았는데, 보고 돌아가는 버스 안에서 계속 울었어요. 그 작품이 지금도 강렬한 기억으로 남아있어요. 개인적으로 좋아하는 영화는 〈팅커 테일러 솔저 스파이〉, 〈콘스탄틴〉, 〈렛미인〉이요. 북유럽 특유의 서늘한 느낌을 좋아해요."

조정주 님의 인생 영화 〈그르바비차〉의 배경은 유럽이지만, 아시아에서도 전쟁 성범죄가 무수히 많이 일어났기에 결코 먼 곳의 이야기만은 아니라는 생각이 들었다. 전쟁은 삶을 참혹하게 만들고, 누군가의 삶에 영원히 씻기지 않는 상흔을 남긴다. 문득 스베틀라나

알렉시예비치의 〈전쟁은 여자의 얼굴을 하지 않았다〉라는 책이 떠올랐다. 〈그르바비차〉와 내용은 다르지만 전쟁의 참상을 다루고 있고, 여성을 중심으로 구성되어 있다는 점에서 두 작품은 묘하게 겹치는 부분이 있다.

"저에게 있어서 영화관은 다른 세상이에요. 영화관에서는 두 시간 동안 현실과 분리되어 전혀 다른 세상으로 들어가 이야기를 들을 수 있죠."

꿈꾸는 이상적인 영화관이 있냐는 내 말에 그는 어떤 형태로든 진주에 이런 공간이 있다는 것 자체가 이상적인 것 같다고 했다. 인디씨네의 의미는 관객들이 만들어 가는 것이라고 말한 것과 연결되는 대답에 나는 이곳이 진주에서 더 오래도록 존재했으면 하고 작은 바람을 품었다.

오랜 시간 자리를 지켜온 석류공원처럼 인디씨네도 진주에서 작지만 단단한 존재감으로 계속 있어 주면 좋겠다. 석류공원으로 오르는 계단 중간에 있는 동굴에 들어서면 다른 세계로 진입하는 것 같은 느낌을 받듯이, 인디씨네에서 영화를 보며 또 다른 세계와 앞으로도 더 많이 도킹할 기회를 누리고 싶다. 작지만 아름다운 이곳과 더 많은 시간을 함께 보낼 수 있기를 바라며 나는 올라온 계단을 다시 한 칸씩 내려갔다.

〈우행록 : 어리석은 자의 기록〉

2016 | 일본 | 120min

〈우행록 : 어리석은 자의 기록〉은 일본 열도를 뒤흔든 살인 사건이 발생한 지 1년 후, 여전히 범인이 잡히지 않아 미궁 속인 사건의 진실에 다가가기 위해 기자인 다나카가 사건을 취재하는 내용을 담고 있다. 취재를 진행하면서 다나카는 많은 사람을 만나고 이야기를 듣는데 그 과정에서 무언의 서늘함이 느껴져 기분이 찜찜했다. 그 서늘함이 무엇인지 엔딩 부분에서 제대로 깨달았는데, 막상 그 실체를 알고 나자 나는 약간 슬픈 기분이 들었다.

영화 속 다나카의 대사 중에 "사람이 살면서 희망은 가질 수 있잖아요. 그렇지만 그 희망마저도 박살 내는 악마들이 있어요."라는 말이 있었는데, 그 말이 머릿속에 강하게 달려와 꽂혔다. 맞다. 세상살이는 녹록지 않고, 때로는 마지막 지푸라기와도 같은 희망도 부서지는 순간들이 있으니까. 그것은 비단 개인만의 문제는 아니라고 생각한다. 악마를 길러내는 부조리한 사회구조도 큰 문제다. 잘못된 시스템은 보이지 않는 악마를 낳는다. 그러므로 우리는 총체적인 시스템의 이면을 들여다보아야 한다. 또 다른 '악마'를 탄생시키지 않도록.

진실이 밝혀지는 순간 — 거짓과 마주했다

우
행
록

어리석은 자의 기록

츠마부키 사토시 · 미츠시마 히카리 감독 이시카와 케이

2019.01.17

02

—

다양한 예술이 만나는 곳,
마산 씨네아트 리좀

마산 창동예술촌에 위치한 씨네아트 리좀은 독립예술영화관, 갤러리, 레지던스, 게스트하우스가 함께 결합한 복합 문화 예술 공간이다. 영화관에 붙은 씨네아트 리좀이라는 이름으로 흔히 알려졌지만, 이곳을 종합적으로 통칭하는 명칭은 '에스파스 리좀'이다. 에스파스는 공간을 뜻하는 영어 단어 스페이스의 불어 버전이고, 리좀은 수평으로 뻗어가는 뿌리줄기를 일컫는 말이다. 뿌리는 한 군데로만 자라지 않고 여러 군데로 뻗어 나간다. 그렇기에 이 이름은 다양한 공간을 운영 중인 에스파스 리좀을 가장 잘 설명할 수 있는 말이기도 하다.

리좀을 운영 중인 하효선 대표님은 20년이 넘게 프랑스에서 생활하다 한국으로 돌아왔다. 프랑스에서 문화예술기획 일들을 해왔던지라, 한국에 와서도 여전히 기획 일을 이어나갈 생각이었지만 입국한 지 얼마 되지 않아서 창동예술촌에서 먼저 제의가 왔고, 창동예술촌에 레지던스를 만들고 활동을 시작하게 되었다. 레지던스 활동은 성공적이었지만 기존에 창동예술촌에 먼저 자리 잡고 있는 이들과의

연계 작업은 어렵기만 했다. 지금도 연계 작업에 대한 고민들은 현재 진행형이다. 이러한 고민은 앞으로도 창동예술촌에 있는 이상 계속해 나가야 할 하나의 과제다.

거제 아트시네마가 문을 닫은 다음 해인 2015년, 마산에서 씨네아트 리좀이 문을 열었다. 리좀이 문을 열기까지 일 년이라는 공백이 있었고, 그 시간 동안 경남에서는 예술영화를 접할 기회들이 좀체 없었다. 그도 그럴 것이 예술영화를 상영해 주는 공간은 진주에 있는 비상설 영화관 '인디씨네' 밖에 없었기 때문이다. 레지던스로 시작한 에스파스 리좀이 영화관을 운영하게 되기까지의 과정도 지난했다.

레지던스 오픈 당시 창원시에서 지원 사업을 통해 리모델링

비용을 지원받았는데, 애석하게도 부분지원이었기에 나머지 부분은 하효선 대표의 사비로 충당해야만 했다. 레지던스를 하라고 불러서 왔더니 아무것도 준비되어 있지 않은 상태여서 마음이 막막했다. 심지어 영화 상영관으로 활용되고 있는 지하 공간은 전기도 들어오지 않는 열악한 상황이라 포기하고 싶었지만 지원 사업의 특성상 선정되었는데 포기하면 불이익을 받을 수도 있는 진퇴양난의 상황이라 부담이 컸지만 결국 운영을 해보기로 결정했다.

막상 운영을 하다 보니 시에서도 생각보다 괜찮다고 느꼈는지, 다음 해부터는 지하 공간을 공연장으로 사용할 수 있도록 리모델링을 도와주었다. 그런데 아이러니하게도 그 후에 진행된 지원 사업에서 탈락을 하게 되었고, 리좀은 지어진 공간에서 아무런 활동을 할 수 없는 어려움을 겪었다.

　　수익이 크게 창출되는 상업적인 공간도 아닌 예술적인 공간을 개인 혼자서 사비를 들여 운영한다는 무척이나 어려운 일이다. 힘들다고 해서 운영을 포기한다면 리모델링한 지하 공간의 구조물들을 전부 철거해야 하기에 그는 포기할 수 없었다. 공공적인 목적으로 리모델링된 것이라 건물주가 그것을 활용해 세를 놓는 형태로 개인의 이득을 취하면 안 되는 복잡한 상황이 지하 공간에 얽혀있었다. 힘들여 공사해놓은 걸 철거한다는 게 비효율적으로 느껴졌던 그는 지하 공간에 영사 시스템을 들이고 의자도 기존의 벤치형에서 좌석형으로 바꾸어 독립예술영화관 '씨네아트 리좀'을 오픈했다.

　　자본적인 부분에서 취약점이 많은 상태로 시작을 하다 보니 가격이 비싼 디지털 영사기인 DCP 기계를 들이는 건 불가능이었다. 1억 5천이나 하는 기계를 살 수 있는 여력이 리좀에는 없었다. 그래서 리좀은 폐관한 거제 아트시네마의 영사기를 사들여 상영을 시작했다. 리좀이 사용한 영사기는 카세트테이프 형식으로 영화를 공급받아 트는 형태였는데, 배급사 입장에서는 번거롭기도 하고 상영 수익도 적게 나다 보니 테이프 제작을 꺼렸고 그 결과 영화 공급이 점점 줄어들었다. 상영 수익도 나기 어려운 구조에서, 영화도 원활하게 공급되지 않는 악재까지 겹치자 리좀의 한숨은 깊어졌고, 결국 휴관 위기까지 이어졌다.

"시에서 DCP 영사기 지원을 해줘서 휴관 위기를 넘겼다고 들었어요. 휴관 위기를 겪으며 달라진 점이 있다면 어떤 게 있을까요."

"2017년에 한 라디오에서 출연해 〈옥자〉에 대한 이야기를 나누었는데, 그때 왜 리좀은 상영을 못 하고 있는지에 대해 설명을 하면서 휴관에 대해 얘길 했어요. 그게 여러 매체로 퍼져서 리좀 운영에 대한 어려움이 심각하게 대두되기 시작했죠. 시민들이 그 과정에서 크게 목소리를 내주었고, 결국 시에서 DCP 영사기를 임대하는 형식으로 지원해주면서 위기를 넘기게 되었어요. DCP 영사기가 생기면서 상영할 수 있는 영화가 늘어나서 그 점이 기존과는 가장 달라진 점이죠."

　　전국적으로 봉준호 감독의 〈옥자〉 열풍이 이어졌던 2017년. 다른 극장에서는 〈옥자〉의 상영 수입으로 힘든 시기를 버틸 정도였는데, 리좀에서는 마치 다른 세계인 것처럼 그저 지켜볼 수밖에 없었다는 사실이 너무 슬프게 다가왔다. 상영 자체도 할 수 없는 상황이 얼마나 답답했을까. 많은 영화가 디지털로 만들어지고 상영되는 시대에 아날로그의 방식으로 상영을 한다는 건 엄청난 리스크를 감수해야만 하는 일이다. 그랬기에 리좀은 참 큰 어려움을 겪었다. 지금은 다행히 비록 임대 형식이라도 DCP 영사기가 도입되었다는 사실이 안도감으로 다가온다.

리좀은 하루에 6편, 매주 42번의 상영을 진행하고 있다. 상영 작은 리좀의 성격과 맞고, 대중과 만나면 좋을 것 같은 작품들로 구성된다. 평일보다 주말에 관객이 집중되어 있는지라, 주말에는 관객들이 많이 찾는 영화를 주로 배치하고 평일에는 그런 것에 상관없이 골고루 섞어 상영시간표를 만든다.

"DCP 영사기를 도입하기 전에는 항상 뒤에서 누군가가 상영이 잘 이루어지고 있는지 지키고 있었어요. 혹시나 상영이 끊기거나 할 수도 있어서 영사 사고에 대비할 인력이 필요했죠. DCP 영사기가 도입된 이후로는 입력된 프로그램대로 자동으로 상영이 진행되기 때문에 굳이 사람이 없어도 상관이 없어졌어요. 기계에 따라 달라진 환경이 가장 인상적으로 남아요."

디지털 상영으로 인해 누군가가 지키고 서서 상영이 잘되고 있는지 확인하는 일은 없어져서 편리해졌지만, 아날로그적인 낭만도 덩달아 사라진 게 아닌가 하는 느낌이 든다. 모든 게 디지털화된 세상에서 가끔 아날로그의 불편함이 그립게 느껴지는 순간이 있다. 종종 그 불편함을 일부러 느끼기 위해 필름 카메라로 사진을 찍곤 하는데, 왠지 그 모습이 카세트테이프로 상영을 진행하는 영사기와 닮았다는 생각이 들었다.

책방에는 책과 숙박을 합쳐서 운영하는 개념의 북 스테이가 드물지 않게 있지만, 영화관에서는 전혀 볼 수 없는 광경이다. 그러나 리좀에서는 전국에서 유일하게 영화관과 숙박이 결합한 시네마 스테이를 만날 수 있다. 먼 곳에서 방문한 사람들이 머물 곳이 필요하다는 생각에 시작된 게스트 하우스는 이제 리좀이 가지는 유일무이한 강점이 되었다.

경남의 유일한 상설 독립예술영화관이라는 타이틀도 가지고 있는 리좀. 타이틀에 대한 부담감도 있을 법 하지만, 그는 전혀 부담스럽지 않다고 했다. 유일하다는 타이틀로 인해 리좀이 존재하는 것에 대한 중요도를 더 밝힐 수 있기 때문이다.

"대표님이 생각하는 씨네아트 리좀만의 색깔이 있다면 무엇이라 생각하세요?"
"리좀이 지향하는 바는 예술적인 특성을 강화하는 데에 있어요. 예술의 본질을 파헤치는 작업을 통해 하나의 완성된 퀄리티가 되면 더 넓은 세계에 펼칠 수 있게 글로벌적으로도 노력하고 있어요. 레지던스 운영도 그 일환이에요."

리좀에서 진행하는 활동들은 이미 글로벌적인 부분과 맞닿아 있다. 마산, 그리고 한국을 넘어서 조금 더 넓은 세계로 날기 위한 날갯짓이 이곳에서 시작되어 이루어지고 있다. 전시, 퍼포먼스, 낭독 음악극, 테이블 쇼, 특별상영회 등의 프로그램으로 구성된 '리좀 페스티벌'을 통해 그러한 부분들을 확인할 수 있다. 영화관이 이렇게 다채로운 활동을 해나갈 수 있다는 사실이 색다르면서도 마음 벅차게 느껴진다.

"마산은 민주화 성지이기도 하고, 구체적인 역사적 사건들이 있었던 도시예요. 마산이라는 지역이 가지는 정체성에 대해서 잘 모르는 분들이 많은데, 저는 마산이 가지고 있는 도시적 정체성과 예술이 따로 떨어져 있지 않다고 생각해요. 그래서 리좀을 통해 산발적으로 흩어져있는 역사, 문화적인 부분들을 모아 구체적으로 파헤치고 결합하면서, 공감대를 형성할 수 있는 공간으로서 기능하고 싶어요. 수도권과는 다르게 지방에는 아직 문화 예술적인 부분에서 정체된 것들이 있어서 영화나 미술로 정체된 간격을 좁히는 역할도 하고 싶고요."

부마 민주항쟁이 있었던 도시 마산. 리좀에서는 부마민주항쟁을 잊지 않고 기억하기 위해 2018년부터 부마민주영화제를 열고 있다. 부마민주영화제로 인해 마산 지역민들이 우리나라 현대 민주화의 첫걸음에 마산이라는 도시가 있었음을 또렷이 알 수 있는 시간이 되면 좋겠다.

그는 개인적으로 사회적이나 민족적인 부분들을 다양한 각도에서 바라보는 작품들을 좋아한다고 했다. 천카이거 감독의 〈패왕별희〉는 그러한 부분을 모두 충족시키는 작품이라 인생 영화로 꼽을 수 있다고 말하는 그의 얼굴에 미소가 걸렸다. 장국영을 좋아하는 나에게도 무척이나 소중한 작품인 〈패왕별희〉. 그와 내가 좋아하는 작품이 겹친다는 점이 무척이나 반가웠다.

"영화를 상영하는 공간의 역할도 중요하지만, 그런 부분을 떠나서 영화관은 현대 예술의 중심에 있어야 한다고 봐요. 지역에서 영화를 많이 볼 수 있게 하는 것도 정말 중요한 일이지만, 영화관이라는 존재 자체가 하나의 소재가 되어 여러 가지 일들이 영화관을 중심으로 벌어진다면 그것이야말로 이상적이지 않을까요."

영화관은 모든 것이 산출 가능한 공간이다. 감성, 필요, 정보가 영화라는 미디어로 묶여 있기 때문에 영화관은 한계 없이 모든 가능성을 발현하는 곳이 될 수 있다. 영화라는 매체를 활용해 사람들의 감성을 자극하기도 하고, 우리가 미처 알지 못했던 정보들도 깨달을 수 있기 때문이다. 그런 부분들을 천천히 실현해나가고 있는 리좀은 이미 이상에 한 발짝 가까이 다가서고 있었다.

영화관은 참 신기하다. 다운되어 있던 기분이 영화를 보고 나자 언제 그랬냐는 듯 스르르 풀렸다. 〈그린 북〉을 보고 리좀의 지하 상영관에서 지상으로 올라오자 해가 지고 있었다. 물감을 풀어놓은 듯 하늘을 빨갛게 물들이는 풍경을 보며 행복은 멀리 있는 게 아닌 가까이 있다는 생각이 들었다. 노을이 만들어낸 그림자가 내 키보다 길게 창동의 거리 위로 드리워지고, 발에 닿는 노을이 몽글몽글한 봄의 저녁이었다.

〈그린 북〉

2018 | 미국 | 130min

〈그린 북〉은 1962년 미국을 배경으로 입담과 주먹만을 믿고 사는 토니 발레롱가가 교양과 우아함을 지닌 천재 피아니스트 돈 셜리의 콘서트 투어 전문 운전기사를 하게 되면서 벌어지는 이야기를 담고 있다. 이 작품의 인물들이 실존 인물들이라는 점이 관객들의 흥미를 유발한다.

〈그린 북〉을 관람하며 내가 경험하지 못한 1960년대의 미국으로 들어가 세상을 바라보았다. 세계에서 가장 개방적인 나라인 것처럼 굴지만, 그 시절의 미국은 차별과 혐오가 거리 곳곳에 깔려서 흑인에 대한 배려가 전혀 없었다. 주인공인 토니 역시 마찬가지다. 백인으로 태어나, 백인의 삶을 살면서 온몸에 짙게 밴 '편견'으로 자신의 고용주인 셜리를 대한다. 셜리가 흑인이 아닌 백인 고용주였다면 토니는 그를 과연 편견 어린 시선으로 대할 수 있었을까? 매 순간 온몸으로 편견과 차별을 받아내었던 셜리의 마음은 어땠을까. 덤덤한 척하지만, 마음만은 결코 덤덤하지 못했을 테다. 차별이 일상이 된다는 건 너무도 슬프고 아픈 일이다. 만약, 누군가에게는 당연한 일들이 내게는 허락되지 않는 일들이 된다면 우리는 어떤 반응을 보일까. 나의 이러한 물음에 지금이 어떤 시대인데 그런 말을 하냐는 사람도 있을 것이다. 그러나, 차별은 인종을 넘어서 일상 속에도 깊숙이 스며있다. 어쩌면 우리가 아무렇지도 않게 행하는 하나의 행위가 그것을 받아들이는 사람에게는 차별일지도 모른다.

조금은 무겁게 글을 썼지만, 사실 〈그린 북〉은 참 발랄한 영화다. 결코 가볍지 않은 주제를 어둡지만은 않게 풀어내는 능력이 돋보이는 이 작품을 만나서 러닝타임 내내 고마운 마음이 들었다. 혼자가 아닌 함께 이 작품을 관람할 사람이 있었다면, 나는 영화가 끝난 후 함께 치킨을 먹었을 거다. 영화 속에 나오는 치킨은 참 맛깔나 보였으니까.

두 남 자
두 개 의 세 상

기 대 하 지 않 았 던
특 별 한 우 정

삶을 변화시키는 인생가이드

그린북
GREEN BOOK

절찬상영중

03

—

삼삼오오 함께 모이는 곳, 오오극장

바람이 많이 불던 어느 일요일, 대구 북성로 공구 골목을 걸었다. 북성로 공구 골목은 이름처럼 온갖 기계와 공구류를 취급하는 가게들로 즐비했다. 일요일에는 쉬는지 대부분 셔터가 내려와 있었지만, 각기 다른 글자체로 적힌 간판을 구경하는 재미가 있었다. 1960년대까지만 해도 북성로 공구 골목은 전국의 모든 공구가 다 모일 정도로 유명세와 호황을 누렸지만, 시대의 흐름에 따라 쇠퇴의 길을 걸었다. 지금의 모습은 공구 골목보다 카페거리에 가까웠다. 시대가 바뀌며 공구 골목이 변화하듯 내가 맺고 있는 수많은 관계도 변할 날이 오겠지만 바스러지지는 않기를. 테이블 위에 놓인 커피잔에서 모락모락 따뜻한 김이 피어올랐다.

대구에서 독립영화관을 만드는 건 지역 영화인들의 숙원 사업이었다. 서울이 아닌 지방에서는 영화를 제작하는 것도 힘들고, 제작하더라도 상영할 상영관이 턱없이 부족했다. 심지어 대구는 광역시라는 명칭이 무색할 정도로 영화적 인프라가 부실했다. 그러한 상황에서 문화 다양성 측면에서 독립영화를 전문으로 상영하는 전용관이 꼭

필요하다는 목소리들이 나왔다. 오픈까지 여러 번 무산을 겪기도 했지만, 우여곡절 끝에 대구 시민 단체, 대구 경북 독립영화 협회, 민예총, 미디어 핀다를 비롯해 시민들의 후원까지 더해져 2015년 독립영화 전용 상영관인 오오극장이 탄생했다.

오오극장에서 홍보를 맡은 노혜진 님은 첫 만남임에도 불구하고 무척이나 쾌활하고 발랄해서 마치 편한 친구와 팟캐스트 방송 녹음을 하는 느낌이 들었다. 이야기가 물 흐르듯이 이어져서 슬며시 내가 취미 삼아 운영하는 팟캐스트에 출연해달라고 했더니 흔쾌히 그러겠다고 대답해 줘서 그도 나도 함께 웃었다.

오오극장은 상영관의 좌석 수가 55석밖에 되지 않는 아담한

영화가 나빠지는 걸 본 다음에는, 세상이 나빠지는 걸 보게 될겁니다
- はすみ しげひこ

영화란 지루한 부분이 커트된 인생이다
- Alfred Hitchcock

우리가 영화를 선택한 것이 아니라 영화가 우리를 선택했다
- Jean Luc Godard

나쁜영화는 언제나 지나치게 길고, 좋은영화는 언제나 적당히 짧다
- Roger Ebert

영화관이다. 55석의 좌석에는 오픈에 도움을 준 이들의 이름이 새겨져 있다. 좌석 수는 오오극장의 이름과도 관련이 있다. 오오극장의 오오는 55석을 뜻하기 때문이다. 그뿐만 아니라 오오극장의 로비이자 카페인 삼삼다방과도 이름은 이어진다. 삼삼다방과 오오극장을 합치면 '삼삼오오'가 되기 때문이다. 삼삼오오 모여 관객들이 여러 문화를 이곳에서 누리길 바라는 마음으로 붙은 이름은 더없이 정겹게 다가온다.

오오극장은 지역 최초 독립영화 전용관이라는 수식어를 가지고 있다. 서울을 제외한 지역에서 최초로 만들어진 독립영화 전용 상영관이기 때문이다. 지금은 여러 지역에 독립영화 전용 상영관이 생기기도 했지만, 오오극장이 개관할 당시만 해도 지방에서는 최초였

다. 그래서 오오극장은 최초라는 것에 대한 책임감이 있다고 했다. 문을 닫지 않고 오래 운영해야 한다는 책임감. 지속 가능성에 대한 부담감이 클 법도 한데 열심히 잘 버텨주고 있는 오오극장을 보니 고마웠다.

　　대부분의 독립예술영화관은 네이버 카페, 페이스북, 인스타그램, 카카오톡 채널 등의 플랫폼을 이용해 소식을 전한다. 홈페이지를 운영하는 곳이 있지만, 드물고 대부분은 플랫폼을 통해 온라인 활동을 한다. 오오극장은 홈페이지도 운영하는 드문 곳 중 하나다. 오오극장은 처음부터 홈페이지를 염두에 두었다. 포털사이트에 검색했을 때 가장 먼저 노출되는 게 홈페이지였고, 상영시간표와 행사 소식을 업로드하고 아카이빙하기 위해서도 꼭 필요하다고 생각했다. 홈페이지는 오오극장의 오픈에 맞추어 함께 개장되었다. 홈페이지를 운영한다는 건 번거롭긴 하지만 나름의 장점이 있다. SNS는 빠르게 게시물들이 스쳐 지나가지만, 홈페이지는 차곡차곡 하나의 기억창고처럼 게시물들을 저장해나갈 수 있기 때문이다. 오오극장의 홈페이지는 심플하면서도 각 카테고리를 살펴보기 좋은 형태로 구성되어 있어서 SNS를 사용하지 않는 사람들도 정보를 손쉽게 얻을 수 있다.

오오극장에서 운영하는 카페 삼삼다방은 "10시에 은근히 커피 향을 풍기며 열고, 23시에 사람 냄새 가득한 채로 닫아요." 라는 매력적인 문구로 방문객을 끌어당긴다. 오오극장의 로비 공간을 이용한 카페인지라 영화를 보고 나와 여운을 느끼며 함께 영화 이야기를 나눌 수 있는 시네마 커뮤니티 공간을 지향하고 있다. 실제로 삼삼다방에서 모여서 영화를 보러 들어가고, 상영이 끝난 후에는 삼삼다방에 앉아 영화 감상을 나누는 사람들이 많다. 커피 향이 은은하게 퍼지는 삼삼다방은 영화를 보기 전엔 휴식의 공간으로써, 영화를 보고 난 후에는 여운을 즐길 수 있는 공간으로 안성맞춤이다. 삼삼다방은 대구 지역에서 활동 중인 예술가들에게 전시 공간도 제공하고 있다. 카페 공간에 걸린 전시들이 바로 그것이다. 벽면에 걸린 전시들은 시기별로 수시로 바뀌며, 지역에서 활동하는 예술가들의 작품을 소개하는 창구로 기능한다.

다양한 기획전들도 자주 열리고 있다. 오오극장은 독립영화를 어렵게 느끼는 사람들로 하여금 더욱 쉽게 접근하고 가까워질 수 있도록 하나의 테마로 독립영화들을 묶어 기획전을 연다. '도시락 영화제', '무박 2일 영화제', '불온한 영화 특별전', '사회복지영화제', '대구 청년영화제', '퀴어영화제', '오렌지필름 단편 기획전', '배우전' 등등 많은 기획전들이 오오극장에서 열렸다. 사회적인 이슈가 있을 때도 그에 맞춰 기획전을 진행한다. 오오극장의 기획전은 지역과 함께 공생하고, 관객들의 독립영화 문턱을 낮추어 주는 좋은 연결자다.

"〈나쁜 나라〉를 상영했을 때 영화를 보신 관객분이 '이 영화를 많은 사람들이 봤으면 좋겠습니다.' 라는 말과 함께 55석 전석을 구매하고 티켓을 나눔 하셨어요. 티켓 나눔으로 극장에 정말 많은 분들이 방문했고, 그게 기사화가 되면서 전국적인 붐으로 번졌어요. 전국에 〈나쁜 나라〉 티켓 나눔이 퍼진 거죠. 오오극장을 알리는 계기가 되기도 하고, 우리가 소개한 영화에 관객이 충분히 공감하고 행동까지 해주셨다는 부분에서 가장 뿌듯했던 순간이었어요."

티켓을 나눔 했던 관객은 본인의 이름도 알리지 않고 익명으로 나눔을 진행했다고 한다. 익명으로 이런 일을 한다는 게 결코 쉽지 않다는 걸 잘 아는지라 이름도 모르는 그가 더 멋있게 느껴졌다. 그로 인해 시작되어 전국으로 퍼진 티켓 나눔은 관객이 수동적으로 영화를 관람하는 것에 그치지 않고 직접적으로 행동할 수 있는 도화선이 되어주었다는 점에서도 고무적으로 다가왔다. 수동적인 시대는 갔다. 좋은 영화는 이제 관객이 먼저 알아보고 움직인다.

대구에는 오오극장도 있지만, 오랜 시간을 지켜온 동성아트홀

도 있다. 동성아트홀은 한국 독립영화와 해외 예술영화를 두루두루 상영할 수 있는 공간이지만, 오오극장은 한국 독립영화 전용 상영관이기에 한국 독립영화만을 상영한다는 점에서 다른 색을 지닌다. 간혹 같은 영화를 상영할 때면 상영 시간표가 겹치는 일도 있지만, 최대한 상영이 겹치지 않도록 주의해서 시간표를 짠다. 그리고 동성아트홀에 비해 새내기에 가까운 영화관이기에 새로운 시도를 계속해나가며 오오극장만의 색을 찾기 위해 노력 중이다.

"〈다이빙벨〉 상영을 한 이후에 문화예술계 블랙리스트에 올라 지원금이 다 끊겼어요. 돈이 없으니 기획전 같은 것도 쉽사리 할 수가 없었어요. 초반부터 힘든 상황을 겪다 보니 우리가 얼마나 버틸 수 있을까에 대한 고민을 항상 하게 됐어요. 그리고 좋은 영화에 관객이 들지 않을 때 마음이 너무 아프더라고요. 좋은 영화들이 관객이 들지 않아서 빨리 막을 내리는 걸 볼 때면 항상 안타까웠어요."

문화예술계 블랙리스트. 공간 프로젝트를 진행하며 블랙리스트로 인해 불이익을 받은 공간들을 보며 마음이 많이 아팠다. 지금도 마찬가지다. 블랙리스트라는 단어만 들어도 소름이 끼치고 한숨이 절로 새어 나온다. 다양성을 인정하지 않고, 자신의 입맛대로 문화를 주무르는 이런 일들이 다시는 일어나서는 안 된다. 다양성이 없는 문화예술은 죽음과도 같다. 아직도 미해결된 이 문제를 우리는 결코 잊지 않고 계속 기억해야만 한다. 아프다고 조용히 덮어만 둔다면, 어둠이 왜 어둠이었는지를 알지 못하게 될 테니 말이다.

　　"저는 영화관을 떠올렸을 때 항상 사람이 같이 떠올라요. 영화관을 갔을 때 누구
　　와 함께 가서 어떤 영화를 보았는지가 연결되어 생각나더라고요. 그래서 제게 있
　　어서 영화관은 추억이 떠오르는 곳이에요."

　　공간을 통해 사람을 떠올리고, 그 사람과의 추억을 곱씹게 되는 순간들. 추억이 떠오르는 곳으로써의 영화관이라는 말이 낭만적이었다. 그런 그가 꼽은 인생 영화들은 묘하게 연결되는 지점들이 있었다. 그는 인생 영화로 〈걸어도 걸어도〉와 〈비포 선라이즈〉를 꼽았다. 〈걸어도 걸어도〉 속에 표현된 여름의 맑은 느낌이 좋았다고 했다. 여름의 맑은 느낌이라는 말을 듣자 매미 소리가 맴- 맴- 귓가를 울리는 것만 같았다. 영화를 봤던 시기에 느낀 개인적인 감정과 맞닿아서 공감이 컸다. 〈비포 선라이즈〉는 어릴 적에 로망을 가지게 해준 작품이어서 좋아한다고. 꾸며내지 않은 담백함이 있는 〈걸어도 걸어도〉와 여행자의 로망과도 같은 〈비포 선라이즈〉는 나 역시도 무척이나 애정하는 영화들이다. 영화적 취향이 겹치는 동지를 만났다는 사실에 나는 그가 더 가깝게 느껴졌다.

"영화를 본다는 게 특별한 행위가 아닌 일상생활의 한 부분이었으면 해요. 그래서 영화를 보지 않아도, 커피를 마시지 않아도 오오극장과 삼삼다방에 편하게 드나들며 이용할 수 있으면 좋겠어요. 그런 면에서 지역 영화인들의 허브가 되어 좋은 기획이나 제안을 많이 나눌 수 있는 부담 없는 곳이 된다면 가장 이상적일 것 같아요."

나는 이미 오오극장이 그렇게 나아가고 있다고 느낀다. 현재 상영 중인 작품을 보지 않아도, 자유롭게 드나들며 친밀감을 느끼고 나중에는 공간 자체와 사랑에 빠지게 되는 그런 곳으로 말이다. 오오극장은 앞으로 지역을 기반으로 영화를 하고 싶은 이들에게 영상 제작과 상영까지 원스톱으로 할 수 있도록 열심히 영상미디어센터 활동도 해나갈 계획이다. 아직 갈 길이 멀지만, 오오극장이라면 좋은 선순

환 구조를 만들어 지역 영화인들이 지역에 머무를 수 있는 기반을 만들어 줄 것이라 믿는다.

오오극장에는 오우삼 감독의 이름과 오오극장+삼삼다방의 이름을 딴 고양이 오우삼이 있다. 마스코트처럼 오오극장을 지키는 고양이 오우삼도 매일 극장의 문이 열릴 때면 어떤 관객들이 올지 설레고 궁금해하며 지켜보고 있지는 않을까. 사람도 만남에 대한 기대감이 있는데, 고양이라고 별반 다르지는 않을 것이다. 오오극장을 운영하는 이도, 오우삼에게도 더 많은 새로운 만남이 이어질 수 있도록 오오의 뜻에 '55년 후에도 지속되고 있다.'는 의미가 추가되길 바라며 나는 남아있는 커피를 마시기 위해 잔에 손을 뻗었다. 잔을 들자 잔속에 머물러 있던 커피 향이 나른하게 온몸을 감쌌다.

〈벌새〉

2018 | 대한민국 | 138min

〈벌새〉는 1994년 14살이었던 소녀 은희에 대한 이야기이다. 1994년은 김일성도 사망하고, 성수대교도 무너진 해다.

가부장제의 폭력이 일상적으로 느껴지던 시절이기도 했는데, 직접적으로 폭력의 장면을 묘사하지는 않지만 고스란히 전해져서 공감되고 아팠다. 〈벌새〉를 보며 나는 계속 은희를 안아주고 싶다는 감정을 느꼈다. 사랑을 갈구하는 소녀에게 돌아오는 건 차가운 현실뿐이어서 더 그랬는지도 모른다. 그나마 한결같이 은희에게 애정을 줄 것 같던 배유리가 "언니, 그건 지난 학기잖아요."라고 말하던 순간은 1학기와 2학기가 절대 같을 수가 없는 것을 알려주는 하나의 간극과도 같았다. 그 대사를 들으며 심장이 서늘하게 얼어붙는 느낌이 들었다.

그래도 다행인 점은 이 영화에서 영지 선생님이라는 상당히 멋지고 아름다운 인물이 있었다는 것이다. 한문학원의 선생님인 김영지는 잘 알지도 못하면서 타인의 삶을 불쌍하다고 말하는 은희에게 "함부로 동정할 수 없어. 알 수 없잖아."라고 말하며 너무도 쉽게 타인의 삶을 자신만의 기준으로 단정 지으려는 은희를 깨우쳐준다. 그런 영지 선생님이 있기에 은희가 멋진 어른으로 성장할 거라는 기대감이 들었다. 흥미로운 점은 영지와 은희 둘 다 왼손잡이라는 것이다. 단단해 보이는 영지와 은희는 왼손으로 정갈하게 글씨를 쓴다는 점이 닮았다. 자칫 사소한 부분으로 무시될 수도 있지만, 왼손으로 글씨를 쓴다는 점은 그들의 공통점이자 하나의 유대감으로 작용했을지도 모른다.

〈벌새〉는 시리고 아프지만, 참 아름다운 영화다. 이 작품을 만난 건 내게 있어 가장 큰 행운이었다. 벌새처럼 날갯짓하는 세상의 모든 은희들에게 응원을 날려 보낸다.

04

—

인천 시민들의 사랑방,
영화공간 주안

주안역을 벗어나 걷다 보면 옛 시민회관 쉼터라는 이름을 가진 근린공원이 하나 보인다. 이름처럼 예전에는 시민회관이 있었는데 시민회관이 철거된 뒤에 남은 부지를 근린공원으로 꾸몄다. 1980대의 이곳은 5.3 인천 민주항쟁을 비롯해 민주화에 대한 열망이 가득한 시민들이 모여 목소리를 드높인 단골 집회 장소였다.

2007년 맥나인 영화관이 있던 자리에 영화공간 주안이 개관했다. 영화공간 주안은 지자체가 설립한 국내 최초이자 전국에서 세 번째로 만들어진 독립예술영화 전용관이다. 미추홀구는 주안을 영상 문화 창작지대로 만들고 싶은 꿈을 담아 영화공간 주안 외에도 주안 영상 미디어센터도 함께 설립해 운영하고 있다. 대부분의 독립예술 영화관은 개인이 대표가 되어 만들어진 곳이 많은 데 반해 주안은 지자체가 주도해 만들었다는 점이 특이하다. 그렇기에 안심도 되었다. 지자체에서 운영하는 곳이니만큼, 고정 운영예산이 책정되어 있어서 운영적인 측면에서 걱정을 한시름 덜 수 있으니까. 영화공간 주안이라는 이름은 주안이 영상 문화 창작 지대라는 것을 강조하기 위해 붙

인 이름이다. 줄임말로 대부분의 사람들이 '영공주'라고 주안을 부르곤 한다. 영공주라는 귀여운 애칭 때문에 공간이 더 친밀하게 느껴졌다.

인자한 미소의 심현빈 관장님은 2019년 1월부터 영화공간 주안의 관장으로 일하고 있다. 30여 년간 인천 공공도서관에서 근무한 그는 인천이라는 도시에 대한 애정과 자부심으로 가득했다. 인천이 영화 중심 도시로 도약하고, 영화공간 주안이 마중물의 역할을 해낼 거라는 확신이 그의 눈빛에 있었다.

주안은 하나의 상영관이 아닌 총 5개의 상영관으로 구성되어 있다. 상영관이 여러 개가 있는 만큼 탄력적인 상영이 가능하다는 점

이 가장 큰 장점이다. 평균 8편에서 10편 정도의 작품들이 4개의 상영관에 분산되어 상영된다. 나머지 한 개의 상영관은 컬처팩토리라 불리는 대관 위주의 공간이다. 컬처팩토리는 상영보다는 대관을 위주로 하다 보니, 다른 관에서 영화를 상영하고 난 후 GV 행사를 컬처팩토리 관으로 옮겨서 진행하기도 한다.

보통의 독립예술영화관들이 단관이나 두 개의 관 정도로 이루어진 데 비해, 주안은 다양한 개수의 상영관으로 운영 중이기에 가장 좋은 점은 '장기상영'이다. 상영 시간이 들어갈 관이 상대적으로 많기에 호응도가 높은 작품들은 긴 시간을 가지고 관객과 만날 수 있다. 여러 개의 상영관만큼 시민들에게 다양한 작품들을 많이 소개할 수 있다는 점도 장점이다. 선별해서 상영하는 것도 좋지만, 가장 좋은 건

개봉 영화들에 고르게 상영의 기회를 주는 거라고 생각한다. 그런 면에서 주안은 상영관이 여러 개 있다는 이점을 잘 살리며 다양한 작품들을 고루고루 소개하고 있어서 좋았다.

주안에서는 매 시즌 흥미로운 기획전 프로그램들이 꾸준히 진행되고 있다. '북 씨네', '시네마 차이나 인천', '스웨덴 영화제', '인천독립영화제', '사이코시네마 인천' 등의 프로그램이 이제까지 진행되었다. '북 씨네'는 영화를 인문학적으로 접근해 책과 함께 바라보는 프로그램이고, '사이코시네마 인천'은 정신과 의사와 함께 진행했던 프로그램이다. 그 외에도 '인천 여성 영화제', '인천 인권 영화제' 등을 매년 정기적으로 개최하려고 노력하고 있다. 특별히 그 해에 이슈가 되었던 감독이나 배우가 있다면 그들을 중심으로 한 기획전도 만들어 개최하곤 한다.

"영화공간 주안 리뷰어들은 서포터즈 역할을 겸하는 영화공간 주안의 미디어 홍보단이에요. 공간에 대한 애정과 자부심이 일회성이 아닌 지속해서 이어질 수 있게 리뷰어 기간이 끝나면 인천 시네마테크 협회에서도 활동을 이어갈 수 있게 지원하고 연계하고 있어요."

단순히 영화공간 주안만의 리뷰어 활동이 아닌, 시네마테크와 연계해서 리뷰어로서의 능력을 계속 발휘할 수 있도록 하는 모습이 인상 깊다. 시네마테크에서는 새로운 자원을 발탁하지 않아도 주안을 통해서 검증된 자원을 활용할 수 있다는 점에서 서로에게 윈윈이다. 게다가 리뷰어들은 자신의 이름이 새겨진 예술영화 리뷰집에 리뷰도 싣고, 활동 증명서도 얻게 되니 뜻깊은 활동이 아닐 수 없다.

멤버십 회원 제도도 흥미롭다. 보통은 연회비를 내야 멤버십 카드와 혜택을 주는 데 반해 주안은 홈페이지 회원가입만으로도 멤버십 회원에 자동 등록이 된다. 가입비와 연회비 없이 회원 등록이 가능하다는 게 파격적으로 느껴진다. 가입된 회원은 주안의 매표소에서 언제든 즉석에서 바로 멤버십 카드를 발급받을 수 있다.

홈페이지에 회원가입을 미리 했었던지라 온 김에 멤버십 카드를 발급받았는데, 멤버십 카드를 손에 들자 주안과 좀 더 밀접해진 기분이 들었다. 주안에 온 관객들이 영화와 공간에 더 관심을 가질 수 있게 하기 위해 시작된 멤버십 제도는 무료지만 유료처럼 알차다. 매주 상영 소식과 행사가 담긴 뉴스레터가 메일로 발송되고, 영화 할인과 오프라인 행사에 대한 안내를 SMS로 편리하게 받아볼 수도 있다.

뉴스레터 같은 경우는 지속해서 회원들에게 정보를 주기적으로 발신하는 게 중요하다는 생각에 시작되었다. 메일함이 꽉 차거나 휴면상태가 되어 반송되는 경우를 제외하고는 순기능이 더 많다. 무심결에 뉴스레터를 눌러 보며 어떤 영화의 상영이 있고 행사가 있는지를 파악하게 되고, 호기심이 유발되어 발걸음으로까지 이어지기 때문이다. 내 메일함에는 매주 주안에서 날아오는 뉴스레터가 차곡차곡 쌓여있다. 아예 따로 '영화관 뉴스레터' 카테고리를 만들어서 영화관에서 보내는 뉴스레터들을 보관하고 있는데, 꽤 많이 모이다 보니 보관하는 것만으로도 하나의 아카이브가 되었다. 시간이 많이 흐른 후 메일들을 열어보면 영화관의 역사를 되짚는 느낌이 들 것 같다.

"이곳을 통해서 삶이 힘든 사람들이 위안을 얻고, 영화를 통해 삶의 만족도가 높아지기를 바래요. 청소년들에게도 좋은 영화를 만나서 깨달음을 얻는 경험을 줄 수 있게 공간을 어떻게 알리고 걸음 시킬지에 대한 고민들을 항상 해요. 그래서 영화공간 주안은 지역에 영화를 매개로 한 영화 복지를 실현할 수 있는 곳이라고 생각해요."

시민들의 삶 속에 자연스럽게 들어와 있는 공간이 될 수 있게

노력하며 10년이 넘는 시간 동안 한 곳에서 자리를 지킨다는 것은 무척이나 멋지고 특별한 일이다. 많은 공간들이 금방 생기고 사라지는 시대에 이렇게 주안처럼 긴 시간을 지켜오는 공간이 있기에, 누군가는 이곳에서 영화를 보며 말 없는 위로를 얻는다.

베트남 전쟁에 관한 다큐멘터리인 〈기억의 전쟁〉이 개봉되기 전, 주안에서 인천 인권 영화제의 주최로 대관 상영이 진행 된 적이

있었다. 〈기억의 전쟁〉을 상영한다는 소식을 듣고 베트남전에 참전한 군인들이 양민학살을 한 내용이라고 상영을 금지해달라고 한바탕 소동을 피웠다.

상영을 진행한 인천 인권 영화제는 영화를 보지도 않고 그러지 말고, 보고 이야기를 나누자고 말했다. 그러나 반대하는 입장에서는 상대가 상영할 권리가 있듯이, 본인들에게는 반대할 권리가 있다고 생각해 200여 명이 모여 상영 반대 집회를 벌였다. 심현빈 관장은 그러한 상황 속에서 무사히 상영이 마무리 될 수 있게, 그들을 설득했고 우여곡절 끝에 겨우 〈기억의 전쟁〉 상영이 진행 될 수 있었다. 중간에 낀 입장이라 난감할 법도 하지만, 잘 해결해낸 그의 모습에서 노련미가 엿보였다.

그러나 그를 제일 힘들게 하는 건 의견이 충돌하는 대관 행사도 아닌, 노후화된 시설이다. 예전에 아래층에서 불이 난 적이 있었는데, 정말 아찔하고 무서웠다고 했다. 오래된 건물로 인해 기기도 환경적인 영향을 받아 평균적으로 사용 가능한 것보다 수명이 짧다. 드물지만 상영관 의자의 나사가 풀어지는 일이 있기도 하고, 갑자기 기계가 멈추어 돌연 상영이 중단되는 일도 생길 때가 있곤 해서 관객들을 더 좋은 환경으로 맞이하지 못해서 미안한 마음이다. 그렇지만 관객들은 충분히 그러한 상황들을 이해하고 발걸음 하는 것이니 너무 미안해하지 않았으면 좋겠다. 관객들이 주안에 바라는 건 오직 단 하나다. 스크린으로 좋은 영화들을 만나는 것. 좋은 영화들을 앞으로도 많이 상영해준다면 관객들은 주안에 더 바랄게 없을 것이다.

그는 〈바람과 함께 사라지다〉, 〈인생은 아름다워〉, 〈인생 후르츠〉를 자신의 인생 영화로 꼽았다. 〈바람과 함께 사라지다〉는 중학생 무렵에 처음 보았는데 그때는 느끼지 못했던 것들을 20대에 다시 보면서 느껴서 펑펑 울었던 기억이 아직도 선명하다고 했다. 〈인생은 아름다워〉는 인간의 긍정성이 삶에 어떤 영향을 미치는지가 잘 드러나서 어떤 어려운 상황에 처해도 긍정적인 생각을 가지고 있으면 좋은 삶이 될 수 있을 거라는 밝은 에너지를 안겨주었다. 〈인생 후르츠〉는 혼자만의 삶이 아닌, 지역에서 더불어 사는 삶의 모습을 다시 한번 떠올리게 해주어서 좋았다. 혼자만의 삶이 아닌 지역에서 더불어 사는 삶을 그는 이미 주안을 통해서 실천해나가며 살고 있다. 많은 사람들이 독립예술영화를 접하고 공간을 찾게 하기 위해서 '문화복지' 활동의 일환으로 취약계층을 위한 무료 상영과 관객과의 대화도 많이 진행하고 있기 때문이다.

"저에게 있어서 영화관은 '사명감'을 가지는 공간이에요. 사명감이라는 게 거창한 것은 아니고 영화공간 주안을 통해서 지역 주민들의 삶이 훈훈하고 따뜻해졌으면 좋겠다는 거예요. 그러한 일들을 할 수 있는 곳이 바로 영화관이라고 생각해요."

영화관은 단순히 영화를 상영하는 곳으로 그치지 않고, 영화라는 매개로 많은 활동들을 펼쳐나갈 수 있는 도화지와도 같은 공간이다. 인천에 이렇게 도화지처럼 여러 색으로 칠해 나갈 수 있는 영화공간 주안이 있어 주어서 참 고맙다.

"제가 생각하는 이상적인 영화관은 도서관 같은 영화관이에요. 도서관에서 편하게 무료로 책들을 대여해가듯이 영화관에서도 편하게 무료로 영화를 접하고 볼 수 있으면 이상적일 것 같아요."

정말 이상적인 형태지만, 도서관처럼 영화관도 운영된다면 티켓값이 부담스러워 영화를 보지 못하는 많은 이들이 부담 없이 좋은 작품을 접할 수 있는 계기가 되지 않을까. 비록 지금은 이상이지만 언젠가는 현실이 되기를 바라본다.

　　주안의 에어컨 바람은 시원했지만, 내 심장은 그 어느 때보다 뜨거웠다. 건물 안으로 들어갈 때와 달리 나온 후에는 날씨가 생각보다 덥게 느껴지지 않아서 놀랐다. 어쩌면 내가 지금의 기온보다 더 뜨거워진 상태여서 그럴지도 모르겠다. 한여름의 햇살보다 더 포근하고 빛났던 인천에서의 시간을 뒤로 한 채 나는 요지경 같은 지하철 1호선의 소음 속으로 걸어 들어갔다.

〈옹알스〉

2019 | 대한민국 | 86min

〈옹알스〉는 개그콘서트 코너로 시작해, 지금은 한국을 대표하는 코미디언 팀으로 자리 잡은 옹알스 팀의 라스베이거스 무대 도전이 담긴 다큐멘터리다. 배우로도 유명한 차인표의 감독 데뷔작이기도 하다.

세계가 지구촌이라는 이름 아래 더 가까워지고 있지만, 아직도 언어의 장벽은 높기만 하다. 많은 나라가 존재하는 만큼 많은 언어가 있으니까. 그러나 그런 언어의 벽을 넘어 옹알스 팀은 웃음이라는 공통분모로 세계에 다가선다. 아시아를 비롯해 유럽에서도 꽤 많은 횟수의 공연을 할 정도로 유명세를 탄 옹알스지만 그들은 여전히 목마르다. "아직 가보지 못한 세계 곳곳의 무대에 도전하는 것이 우리의 목표다. 전 세계 모든 사람에게 우리의 웃음을 전파할 수 있다는 것, 남녀노소 구분 없이 즐길 수 있는 공연을 만드는 게 꿈이다."라는 그들의 말처럼 멈추지 않고 도전하는 모습은 마음에 깊은 울림으로 남았다.

꿈을 위해 도전하는 게 사치처럼 여겨지는 지금의 현실에서 그들의 도전은 꿈을 키워가는 모든 이들에게 하나의 희망과도 같다. 그렇기에 앞으로도 옹알스 팀이 포기하지 않고, 더 많은 세상을 누비며 웃음을 전파하길 바라본다.

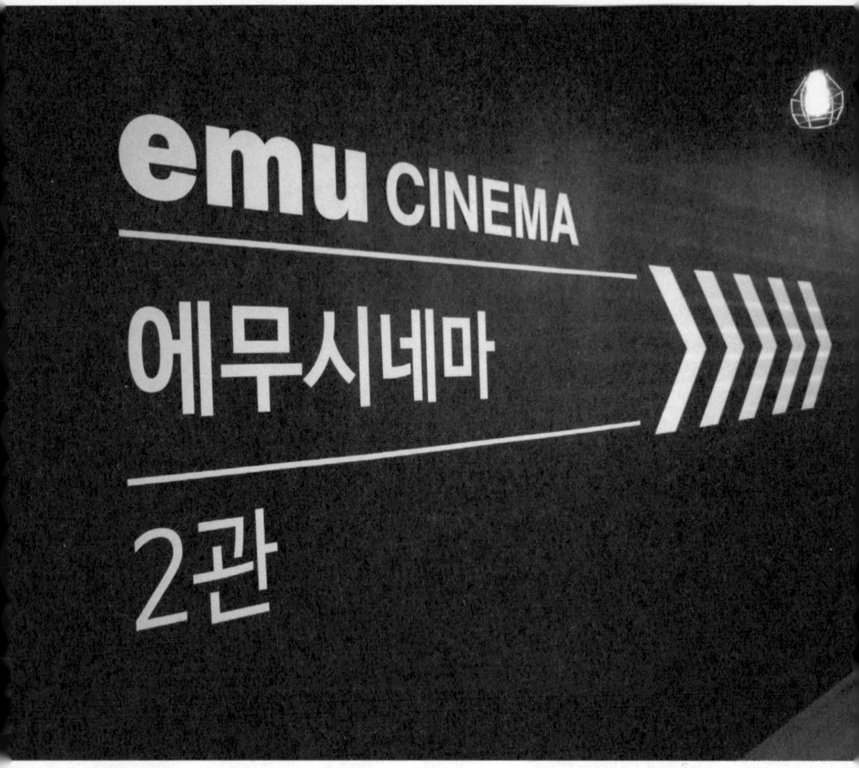
emu CINEMA
에무시네마
2관

05

—

계절처럼 다가오는 곳, 에무시네마

골목길을 걸었다. 살면서 꽤 많은 골목길을 걸어 보았지만 이 골목길은 색다르게 다가왔다. 마치 숨겨진 비밀의 장소 같았다. 광화문과 인접해 있지만, 광화문과 달리 정적으로 다가오는 길들. 정적이지만 심심하지 않은 돌담 풍경들이 매력적이었다.

골목을 거닐며 이곳을 걸었을 수많은 얼굴들을 상상해 보았다. 어떠한 얼굴은 다 비슷하게 생긴 골목의 모습에 헤매기도 할 테고, 또 다른 얼굴은 근처에 위치한 에무시네마에서 영화를 보고 상기된 볼로 여운을 걸음마다 새기기도 하겠지. 그 밖에도 여러 사연이 담긴 얼굴들이 이 길을 지나다녔을 거다. 그들은 어떤 마음으로 골목을 걸었을까. 궁금증을 안고 걷다 보니 어느새 에무라고 적힌 건물에 다다랐다.

복합문화공간 에무. 처음에는 갤러리만 있었지만, 그 후에 공연장과 영화관이 생겼고 건물의 1층에 있던 레스토랑이 2018년부터 사계절 출판사 북카페로 탈바꿈하게 되면서 지금의 모습을 갖추게 되었다. 현재 에무는 지하 1층 공연장, 지하 2층 미술관, 1층 북카페, 2

층/3층 시네마, 4층 옥상정원으로 이루어져 있다. 복합문화공간이라는 이름에 걸맞게 유기적으로 각층이 잘 나누어져 있어서 영화도 보고, 작품 감상도 하고, 공연도 보고, 커피도 마실 수 있다는 게 좋았다.

에무에서 시네마를 맡은 손지현 프로그래머는 에무시네마의 전체적인 운영을 비롯해 다채로운 기획전들을 많이 만들고 담당하고 있다. 시네마를 비롯해 공간 전체를 아우르는 에무라는 이름은 네덜란드 철학자 에라스무스의 약칭이다. 갤러리를 맡은 갤러리 관장이 상업성에 휘둘리지 않는 예술의 본질을 따르기 위해, 에라스무스의 가치관과 정신을 따라가는 의미에서 맨 처음 갤러리 이름에 에무를 붙였고 나중에 에무는 공간 전체의 이름이 되었다.

에무로 오는 길은 초행길인 사람에게는 다소 헷갈릴 수 있다.

돌담이 촤르륵 깔린 골목길들 사이에서 한 번에 에무를 찾기란 어려운 일이다. 처음 방문했을 때, 나 또한 한참을 헤매었다. 영화 시간은 점점 다가오는데, 에무가 보이질 않아서 초조한 마음이 들었다. 한참 헤매다 에무를 발견했을 때, 누군가가 숨겨놓은 보물을 찾기라도 한 것처럼 정말 기쁘고 반가웠다. 지리적인 면에서는 처음 온 사람들에게는 분명 쉽지 않은 길이지만, 한 번 찾고 나면 의외로 어렵지 않은 게 반전 아닌 반전이다. 처음이 어려울 뿐. 첫 방문의 시간을 지나고

나면 방문자들은 헤맨 게 무색할 정도로 이곳을 금세 찾아올 수 있을 것이다.

　　에무시네마에는 누워서 영화를 관람할 수 있는 빈 백 좌석이 있다. 고정된 형태의 좌석들만 운영하는 곳들이 많은 데 반해, 고정의 좌석이 있고 스크린 앞쪽에 빈 백 좌석이 있다는 점이 재미있다. 2016년에 에무시네마가 오픈하게 되면서 빈 백 좌석을 처음 설치했는데, 관객들의 반응이 좋아서 지금까지 꾸준히 빈 백 좌석을 운영하고 있다. 스크린과 거리가 가까워 부담스러워하는 사람들도 있지만, 다른 곳에서는 쉽게 보기 힘든 좌석 운영이다 보니 흥미롭게 느끼는 관객들이 더 많다.

에무는 홈페이지를 비롯해 인스타그램, 페이스북, 트위터와 같은 SNS 채널들로 관객들과 소통 하고 있는데, 유튜브 채널도 운영하고 있다는 점에서 유니크하다. 현재는 유튜브 채널에 전시와 공연 영상 위주로 업로드되어 있지만, 나중에는 시네마에서 이루어진 GV 행사 영상들도 올라오길 고대해본다.

1층 북카페에서는 시네마에서 새로운 상영작이 오픈될 때면 신메뉴를 선보인다. 상영작과 카페 메뉴를 연결해 신메뉴를 만들고 매주 판매하는 것이다. 2018년 〈플로리다 프로젝트〉로 시작된 시네마 앤 카페는 알록달록한 영화의 색감과 카페 메뉴를 조합한 형태로 수많은 영화 팬들의 사랑을 받아왔다. 매번 신메뉴를 개발하는데 많은 시간과 공을 들이는 만큼 무척 힘들겠지만, 오직 이곳 에무에서만 만날 수 있기에 시그니처로 느껴진다. 상영작의 홍보와 관객들의 궁금증을 불러일으킬 수 있다는 점에서도 시네마 앤 카페는 기발한 아이템이다.

"관객들과 깊이 있는 이야기를 할 수 있는 영화들을 선별하고 해당 영화의 감독님을 초청해 영화에 대한 이야기를 비롯해 강의처럼 많은 것을 나눌 수 있는 시간을 가지면 좋을 것 같아서 2019년부터 '당신의 특별한 클래스'가 시작되었어요."

에무시네마에서는 많은 기획전이 상시로 이루어지고 있다. 그

중에서도 '당신의 특별한 클래스'가 내 눈길을 사로잡았는데, 프로그램 기획에 대한 얘기를 들으니 참여하지 못한 게 정말 아쉽게 느껴졌다. '당신의 특별한 클래스'는 이제 에무의 인기 프로그램이 되어 매진의 일등공신 중 하나로 자리 잡았다.

그는 영화를 좋아하는 한 사람의 관객으로서 GV를 통해 좋아하는 감독과 배우들을 만날 수 있다는 게 가장 좋았다고 했다. 2018년 장률 감독 기획전 때의 기억이 아직도 떠오른다고. 중국에서 주로 지내는 장률 감독을 기획전을 통해 초청할 수 있게 되어 기뻤다고 했다. 기획전 행사 때 〈경주〉의 OST 작업을 한 백현진 뮤지션이 우연히 영화를 보러 왔고, 그 김에 즉석에서 GV에 함께 참여하게 된 것도 재미있었다고 했다. GV를 많이 진행하다 보니 특색 있는 형태로 많이

시도하려고 노력 중이다. 예를 들자면 영화의 OST를 담당한 밴드가 오프닝 공연을 하고, 그 후에 GV로 이어지는 형태처럼 말이다. 무성 영화 〈다영씨〉의 GV도 인상적인 기억이다. 개봉을 앞두고 개봉 전야 느낌으로 시사회를 진행했는데, 〈다영씨〉에 출연한 배우들이 변사처럼 해설해주었던 게 흥미로웠다고 했다. 이렇듯 각 영화의 특색을 살린 GV들로 인해 에무시네마를 찾는 관객들은 더 풍요롭게 영화를 받아들일 수 있는 경험을 가지게 될 것이다.

특색 넘치는 GV 외에도 상영에서도 그런 부분들을 엿볼 수 있다. 영문자막 상영이 바로 그것이다. 박찬욱 감독의 영화 〈아가씨〉가 개봉했을 때 국내에 거주 중인 외국인 관객들이 〈아가씨〉가 어떤 작품인지 궁금해하는 목소리들이 많았고, 그 목소리에 응답한 에무시네

마가 배급사에 연락해 영한 자막 합본을 받아 첫 영문자막 상영을 시작했다. 과연 수요가 있을까? 걱정하며 상영을 했는데, 회차마다 매진을 기록할 정도로 꾸준히 관객이 들었고 그걸 계기로 한국 영화를 외국인들에게 소개하는 취지로 꾸준히 영문자막 상영을 계속해나가고 있다.

그는 많은 관객들을 사로잡는 기획전을 항시 진행해야 하고, 다른 곳과 차별화를 이룰 수 있는 방향의 영화를 어떻게 편성할 것인가에 대한 많은 고민들이 힘들기도 하지만, 좋은 결과로 이어지고 있어서 보람차고 기쁘다고 했다. 최대한 다른 곳과 겹치지 않게 상영 시간표를 짜고, 색다른 기획전들을 꾸준히 준비하고 진행해나가는 과정에서 힘든 일도 분명 많겠지만 이제까지 잘해온 것처럼 앞으로도 에무시네마라면 충분히 잘 해낼 수 있을 거라 믿는다.

"〈류이치 사카모토 : 코다〉라는 작품을 장기 상영했을 때, 어떤 관객분이 멀티플 렉스에서 먼저 작품을 관람하시고 재관람을 하러 오신 적이 있어요. 멀티플렉스 에서 볼 때는 음악이 좋다는 생각만 했는데, 에무시네마에서 재관람을 하고 나와 서 돌아가는 길에 문득 첫사랑이 떠오르셨대요. 골목길이 워낙 서정적이다 보니 까 영화의 감성에 더 젖게 하는 매력이 있는 것 같아요. 공간적인 풍경들이 영화 의 매력도를 더 높여준다고 생각해요."

　멀티플렉스에서는 영화를 보고 나오면 답답한 느낌이 든다. 건물 숲에 둘러싸여 있어서 그런지, 영화의 여운에 젖을 새도 없이 바로 일상으로 복귀하는 기분이다. 그러나 에무시네마는 영화를 보고 나와 한적한 골목길을 걸으며 영화의 여운을 느끼기에 딱 좋은 곳이다.

　매일 서정적인 골목길을 걷는 그의 인생 영화는 허진호 감독의 〈봄날은 간다〉였다. 〈봄날은 간다〉를 통해 영화에 본격적으로 빠지게 되었고 결국 그게 영화와 관련된 직업으로 이어졌기에 큰 의미가 있는 작품이라고 했다.

　그는 아무리 1인 매체가 활발한 시대라 하더라도 영화를 함께 보는 재미를 이길 수는 없을 거라고 했다. 다른 관객들과 함께 스크린을 보면서 느낄 수 있는 감흥들을 체험할 수 있기에 영화관은 절대 사라지지 않을 거라고 말하는 그의 목소리에 묻어나는 확신이 아름다웠다. 같은 영화를 보아도 집에서 보는 것과 영화관에서 보는 것은 차이가 크다. 재미있는 부분에서 함께 웃고, 슬픈 부분에서는 함께 울며 혼자가 아닌 여럿이서 공감할 수 있다는 점에서 영화관은 너무 소중한 공간이다. 이런 소중한 공간들이 오래오래 지속하기 위해서는 관객들의 힘이 그 어느 때보다 더 필요하다.

"돈이 되는 영화만 트는 곳이 아닌, 작지만 큰 가치를 지닌 작품들을 많이 상영하고 그런 작품들을 지켜줄 수 있는 게 바로 이상적인 영화관의 모습이 아닐까 생각해요."

상업성에 휘둘리지 않고 예술의 본질을 따라가는 에무의 이름에 담긴 뜻처럼, 에무시네마는 현실에서도 작지만 큰 가치를 지닌 작품들을 많이 상영하면서 이상이 현실이 될 수 있음을 몸소 보여주고 있다. 이 사랑스러운 공간을 찾는 발걸음들이 끊이지 않고, 꾸준히 늘어나서 더 많은 사람들이 에무시네마와 사랑에 빠졌으면 좋겠다. 내가 처음 이곳에 발걸음을 내딛자마자 사랑에 빠진 것처럼 말이다. 누구든 에무시네마에 오면 사랑에 빠지지 않고는 못 배길 테니까.

북카페에서 커피를 마시며 창밖으로 보이는 앙상한 나뭇가지에서 계절이 느껴졌다. 어느덧 끝나버린 가을을 배웅하고, 겨울이 왔다. 새로운 계절이 다가왔음을 느끼며 나는 창밖을 바라보며 한참을 서 있었다.

〈경계선〉

2018 | 스웨덴, 덴마크 | 110min

〈경계선〉은 남들과는 조금 다른 외모와 후각으로 감정을 읽을 수 있는 능력을 지닌 출입국 세관 직원인 티나가 수상한 짐을 든 남자 보레를 만나면서 벌어지는 이야기를 담은 영화다.

〈경계선〉을 보면서 나는 이유를 알 수 없는 불쾌함이 들었다. 그것은 흔히 접하기 힘든 트롤에 대한 묘사 때문일 것이다. 인간의 형상을 하고 있지만, 인간이 아닌 자들. 불쾌한 골짜기의 느낌을 이 작품을 보며 맛보았다. 영화 자체는 매우 훌륭하지만, 나는 그러한 감정을 러닝타임 내내 극복해내지 못해서 조금은 괴로운 마음이 들었다.

인간과 비인간의 경계를 가르는 것은 대체 무엇일까. 모습만으로는 판단할 수 없다. 이 작품 속 비인간들은 인간과 동일한 삶을 살아가기 때문이다. 그러면 우리는 어디에서 경계를 찾을 수 있을까. 그 경계는 바로 '규칙'이 아닐까. 비인간의 삶에서는 규칙도 편견도 없다. 심지어 옳고 그름에 대한 것마저도 아무런 편견 없이 경계를 무너뜨린다. 그러나 인간은 반대다. 모든 것에 규칙을 부여하며 규칙을 벗어나는 행위를 경계한다. 그런 점에서 인간과 비인간은 서로 다른 특성의 삶을 살지만, 사실 인간이 비인간이 되는 일은 너무도 쉽다. 비인간이 규칙의 세계로 들어오는 건 힘들지만, 인간이 규칙의 세계 밖으로 나가는 일은 일종의 선악과를 깨무는 행위와도 같이 달콤하니까. 그럼에도 불구하고 우리는 손쉽게 비인간이 되지 않게 노력해야 한다. 경계를 넘는 순간 다시는 인간으로 돌아오지 못할 테니.

신의 뇌리에 박힐 108분 간의 낯선 이야기

로튼토마토 신선도 97%

"당신은 누구죠?"

전세계를 사로잡은 오드 판타지

경계선

(렛 미 인) 작가 원작

10월 24일 가장 기묘한 사랑이 시작된다

06

—

우리나라 극장의 살아있는 역사, 광주극장

광주를 생각하면 가장 먼저 떠오르는 장소가 있다. 바로 광주극장이다. 1935년 10월 1일에 시작되어 지금까지 이어져 오고 있는 광주극장은 존재 자체로도 하나의 역사다. 광주극장이 만들어지게 된 1935년은 일제 식민지로서 암울한 시대였다. 전 방위적으로 일본의 차별과 식민지배로 인해 많은 조선인들이 울분에 가득 차 있었던 시기에 조선인 최선진이 호남 최초로 1,200석 규모의 대극장인 광주극장을 설립한다. 일본의 극장을 뜻하는 '좌'나 '관'이라는 명칭을 붙이지 않고, 극장이라는 명칭을 붙이면서 최선진은 조선인이 세운 공간이라는 정체성을 이름부터 자연스레 확립해나갔다.

어두웠던 시기, 광주극장은 지역민들에게 있어 존재만으로도 힘이 되는 버팀목 같은 공간이었을 것이다. 광주극장을 드나들며 어둠이 빛으로 바뀌기를 간절히 열망했을 사람들의 모습을 생각하니 피가 뜨거워졌다.

1997년부터 광주극장을 지켜오고 있는 전무이사 김형수 님도 아마 나와 같은 마음일 거란 생각이 들었다. 존재 자체가 역사인 공간

과 매일 호흡하고 있기 때문이다.

일제강점기에 만들어진 극장이니만큼 광주극장에는 다른 곳에서는 절대 찾아볼 수 없는 곳이 있다. 감시와 검열을 하기 위한 전용 좌석인 임검석이 바로 그것이다. 임검석은 시대에 따라 조금씩 용도가 다르게 변화해왔지만, 그래도 기본 틀인 감시와 검열은 변함이 없었다.

일제강점기에는 일본 순사들이 항일에 관한 내용이 무대에 오르지 않게 임검석에서 항상 지켜보곤 했다. 규모가 큰 공간이니만큼 예전에는 극장의 무대를 활용해 영화의 상영 외에도 연설, 집회, 극을 올리기도 했기 때문이다. 광복 후에는 선생님들이 학생을 선도하기 위한 공간으로 임검석이 활용되었다. 수업을 빼먹고 극장에 오거나,

미성년자 관람 불가 영화를 몰래 보러 오는 학생들을 잡아내기 위해서 선생님들이 임검석에서 극장 안을 지켜보고 있었다고 한다. 영화가 시작되면 극장 안에 어둠이 깔림에도 선생님들은 용케 뒷모습만으로도 학생들을 찾아내곤 했다.

임검석은 1968년 광주극장 화재와 함께 사라질 뻔하기도 했다. 그러나 임검석은 광주극장의 역사이자 시대의 상흔이 존재하는 공간이기에 없애지 않고 유지하기로 결정 내렸고, 그 덕에 지금까지도 유지되고 있다. 요즘도 종종 임검석에서 영화를 보고 싶어 하는 관객들이 있곤 해서 요청하는 관객에 한 해 임검석을 이용할 수 있게 해주고 있다. 단, 임검석은 암막이 확실하지 않은 공간이라 관람하는 동안 외부로 나오지 않는다는 조건을 두고 이용하게 하고 있다. 만약 관람을 하다가 밖으로 나오게 된다면, 상영관 안으로 바깥의 빛이 새어 들어갈 수 있기 때문이다.

현재의 광주극장 모습은 1968년의 화재를 거치며 새로이 재 개관을 하며 만들어졌다. 화재 전에는 1,200석 규모였고, 입석도 있었 다. 화재 이후 전소된 극장 건물을 새롭게 만들게 되면서 좌석 수가 설립 때보다 조금 더 늘었지만, 1997년 리모델링 작업을 거치며 현재 의 좌석 수인 862석으로 정착되었다. 두 명이 함께 앉을 수 있는 커플 석도 1997년의 리모델링을 통해 생겼다.

좌석 수가 줄었다고는 하지만 지금도 충분히 엄청난 숫자의 좌석 수다. 규모가 큰 멀티플렉스도 이렇게 많은 좌석을 보유하고 있 지 않고, 점점 더 좌석 수를 줄여가는 추세다. 그래서인지 광주극장의 상영관에 들어서면 빽빽하게 늘어선 좌석들에 압도되는 기분을 종종 받곤 한다. 마치 좌석 숲에 들어온 느낌이다. 이렇게 많은 좌석을 지 정좌석제가 아닌 자유좌석제로 운영 중인 광주극장. 지금은 한 회차 에 10명의 관객이 들기도 힘들어서 좌석 관리에 애로사항이 있지만, 예전에는 달랐다.

매 회차 관객들이 자주 바뀌다 보니 많은 좌석들이 계속 사용 되었고 자연스럽게 좌석 관리가 잘 이루어졌다. 극장에 상주하는 인 원도 많아서 청소도 많은 이들이 함께 나누어 할 수 있었다. 관객이 들지 않게 되면 좌석의 사용률도 떨어지고, 사용이 적어진 좌석은 원 래의 수명보다 더 빨리 수명을 다하게 된다. 좌석이 빽빽해지지 않게 기름칠도 더 많이 해야 해서 여러모로 손이 많이 간다. 사람이던, 물 건이던 역시 손을 타지 않으면 금방 시들어버리는 것 같다.

　　현재는 효율적인 좌석 관리를 위해 동절기에는 1층 좌석은 사용하지 않고, 2층 좌석만 개방하고 있다. 사람이 사용하지 않는다고 해서 1층 좌석을 방치하면 청결을 비롯한 여러 문제들이 일어나기 때문에 틈틈이 좌석 청소는 필수적으로 하고 있다. 극장 자체도 오래됐는데, 좌석 컨디션이 별로면 좋은 영화들을 상영하고도 좋은 기억을 안겨주지 못할까 봐 그는 광주극장에서 보내는 많은 시간을 청소로 할애하고 있다고 한다.

"1998년에 프랑스 월드컵 축구 국가대표팀 경기 중계를 상영했던 적이 있었어요. 예전에는 월드컵 중계를 해주는 극장이 없었어요. 그래서 영화와 중계를 함께 묶어서 상영하는 시간을 가졌는데 입석까지 꽉꽉 들어찰 정도로 큰 호응을 받았어요. 극장이란 공간에서 스포츠 중계를 함께하면서 상당히 재밌었고, 영화뿐만 아니라 여러 볼거리를 제공하면 더 많은 분들이 극장에 올 수 있겠다는 생각이 들었어요."

그의 이야기를 들으며 나도 그때 그 순간 속으로 함께 빨려 들어갔다. 많은 사람들의 열기로 가득 찬 극장 안에서 월드컵이라는 지구촌 축제를 모두가 즐기며 환호하는 시간. 지금은 월드컵 중계를 극장에서 해주는 게 흔한 일이지만, 그 당시만 해도 상당히 획기적인 일이었다. 국내 최초 월드컵 중계를 시작한 극장이 광주극장이라는 사실은 영화 상영뿐만 아니라, 극장에서 다른 것들도 시도할 수 있다는 걸 몸소 보여준 매력적인 사례로 다가온다.

"영화 상영을 시작할 때 종소리로 알리는 건 오래전부터 내려온 광주극장의 전통이에요. 1997년에 종소리 교체를 위해 묵직하면서도 잔향이 남는 느낌을 가진 여러 소리를 들어 보다가 현재의 종소리를 발견하고 바꾸게 됐어요. 기존에는 영화 시작 5분 전에 한 번, 상영이 시작될 때 또 한 번을 쳤는데 종소리를 녹음한 테이프가 많이 늘어져서 지금은 상영 시작 시각에만 한 번 치는 걸로 변경되었죠."

상영 시작을 알리는 종소리는 광주극장의 트레이드마크다. 아날로그적인 종소리를 들으며, 이제 시작 시각이 다 되었구나 생각하며 관객은 설레는 마음으로 영화를 맞이할 준비를 한다. 과거에도, 현재에도 여전히 울려 퍼지는 종소리는 광주극장의 모든 시간을 이어주

는 매개체다.

　　광주극장에는 종소리 외에도 또 다른 트레이드마크가 있다. 극장 입구에 걸려있는 손 그림 영화 간판이다. 옛날의 극장에는 새로운 상영작이 걸릴 때마다 수작업으로 영화 간판을 직접 그리는 간판장이가 있었다. 시대가 변하고 직접 수작업하는 간판이 점점 사라지면서, 간판장이들도 사라졌는데 국내에서 마지막으로 남은 간판장이가 바로 이곳, 광주극장에 있었다.

　　광주극장의 영화 간판을 그리던 박태규 화백은 본인의 대에서 영화 간판 작업이 끝나지 않고, 광주극장이 지속되는 한 계속 영화 간판이 이어지길 바라는 마음에서 시민들이 직접 간판 그림을 그려볼 수 있는 영화 간판 학교를 만들었다. 박태규 화백은 영화 간판 학교 프로그램에 참여한 다양한 연령대의 시민들이 광주극장에서 본 영화를 조각보처럼 간판에 직접 그리는 걸 곁에서 지켜보며 지도해주는 역할을 맡고 있다. 학교라는 명칭처럼 기수제로 진행 중인데, 기수별로 새로운 사람들이 계속 들어오면서 광주극장 안의 또 다른 커뮤니티로 자리 잡았다.

　　매년 광주극장은 개관에 맞춰 이루어지는 개관 영화제에 시민들이 직접 그린 영화 간판을 개막작으로 올리는 시간을 갖는다. 영화 간판을 올리는 시간은 개막식의 하이라이트라고 할 수 있다. 일 년 중 딱 하루의 시간이지만, 매년 가장 기다려지는 날 중 하나라고 했다. 간판을 올리면서 시민들과 또 한 살을 같이 먹었구나 하는 생각에 힘을 얻는다는 그의 목소리에 영화 간판에 대한 자랑스러움이 묻어났다.

어느 인터뷰에서 그는 "관객이 많이 와서 떼돈을 벌기보다 여태껏 해온 것처럼 다양한 영화를 상영하고, 극장의 한 세기를 지켜주셨던 관객들과 함께 새로운 100년의 시간을 맞이하고 싶다."라고 말한 적이 있다. 그 말이 너무 인상 깊어서 마음에 깊게 박혔다.

각 도시마다 독립예술영화전용관이 있는데, 그 공간들이 존재할 수 있는 건 운영을 해나가는 이들의 노력이 있어서 가능한 일이다. 영화산업이 점점 더 다양한 방식으로 변화해나가고 있어서, 시간이 흐른 후에도 지금처럼 많은 스크린이 존재할 수 있을까. 그는 나중에는 스크린이 테마파크화가 되지는 않을까 하는 생각이 든다고 했다. 변화하는 환경 속에서 변화에 맞춰나가야 할 부분들은 최대한 노력하겠지만, 공간을 찾아주는 관객들의 발걸음이 없다면 다 무용지물이라고 말하는 그의 목소리에 시름이 깊었다.

전통적인 세대들은 영화를 유일하게 접하는 공간으로 인식하고 극장에 걸음 하는 편이지만, 요즘 젊은 세대들은 극장을 유일무이한 창구로 인식하지 않기 때문에 앞으로의 상황은 점점 더 나빠지면 나빠졌지, 좋아지진 않을 거라 본다. 그런 상황 속에서 극장은, 우리는 무엇을 해야 할까. 해도 해도 끝이 없는 고민이 마치 풀리지 않는 아리아드네의 실타래 같다.

옛 단관극장들은 스크린 크기를 극장의 최대 자랑거리로 삼을 정도로, 스크린이 크면 클수록 건물도 그에 맞춰 컸고 좌석 또한 많았다. 광주극장도 그랬다. 광주 유스퀘어 터미널에 CGV IMAX가 들어서

기 전, 광주극장의 스크린은 호남 최대의 사이즈였다. 커다란 스크린은 영화를 원형과 가장 가깝게 체험 할 수 있는 기회를 관객에게 안겨주었다. 큰 스크린만큼 사운드도 훨씬 크고 생생하게 다가와서 광주극장에서 영화를 보고 있을 때면 화면에 홀리는 것 같은 기분이 자주 들었다.

게다가 지금은 ACC 시네마테크와 광주 독립영화관이 존재하지만, 두 공간이 생기기 전에는 실험적인 영화나 예술영화들을 접할수 있는 곳은 오로지 광주극장뿐이었기에 큰 스크린으로 작품들을 마주하며 나는 스크린이 하나의 바다가 되고 내가 그곳에서 헤엄치고 있는 듯한 착각에 빠지곤 했다. 재미있게도 두 영화관은 광주극장과 멀지 않은 거리에 있다. 멀지 않은 위치에 마치 트라이앵글처럼 존재하는 세 영화관은 서로 다른 개성을 지니고 있지만, 협업을 통해 영화와 각각의 공간을 알아나갈 수 있게 꾸준히 노력하고 있다. 2019년, 한국 영화 100주년을 맞아 만들어진 기획전 〈한국 나쁜 영화 100년〉 프로그램도 그러한 활동의 일환이다. 현대적인 모습의 두 공간과 전통적인 모습의 광주극장의 조합은 관객에게 있어서도 반가운 일이다. 영화의 지형도도 넓어지고, 보다 더 다양한 곳에서 영화들을 만날 수 있으니까.

오래전부터 광주극장은 후원 회원 제도를 생각해왔다. 생각만 해오다 시행을 하게 된 결정적인 이유는 영진위의 예술영화전용관 지원 사업의 파행이었다. 지원 사업에만 의존하지 않고, 자생적인 방안을 찾기 위해 시작된 후원 회원 제도는 광주극장에게 있어서 큰 힘이 되고 있다. 힘든 시기에도 후원 회원들이 함께 있다는 사실이 앞으로

의 시간도 버텨나갈 에너지를 제공해주기 때문이다. 후원 회원의 존재를 통해 광주극장은 누군가가 강요해서 트는 작품이 아닌 자율적인 영화 상영을 지켜나갈 수 있다. 후원 회원은 광주극장의 든든한 서포터이자 또 다른 주인이다.

굿즈도 눈에 띈다. 소작당과 콜라보해 만든 굿즈와 영화 패키지 티켓을 관객들에게 절찬리에 판매 중이다. 소작당과 콜라보해서

만든 굿즈는 '영화를 보러 온 사람들에게 극장에 오지 않아도, 극장이 언제나 가까이 있게 느끼도록 할 수 있는 게 있으면 좋겠다.'란 생각에서 시작되었다. 굿즈가 나오고 뜨거웠던 관객들의 반응을 생각하면 얼마나 많은 이들이 광주극장의 자체 굿즈를 기다려왔는지를 알 수 있다.

워낙 규모가 큰 건물 덕에 외관을 한눈에 보기 힘든데, 배지를 통해서 광주극장의 외관을 한눈에 볼 수 있다는 게 좋았다. 그리고 굿즈를 통해 비록 서로를 알지는 못해도, 누군가가 광주극장 굿즈를 가지고 있는 모습을 보게 되면 반가운 마음이 자연스레 들 것 같다. 이런 것이야말로 느슨한 연대감이 아닐는지.

영화 패키지 티켓은 3편, 5편으로 묶어서 판매한다. 영화를 많

이 보는 관객들에게 있어 조금이라도 티켓값을 할인해서 관람에 부담이 가지 않도록 하고, 더 많은 영화들과 만날 수 있게 하려고 만들어졌다. 언제가 될지는 모르겠지만 기프트 카드도 만들어볼 계획이라고 한다.

1997년 광주극장은 극장의 탄생보다 훨씬 늦게 만들어진 학교보건법으로 인해 큰 위기를 맞았다. 학교보건법은 극장 근처에 위치한 보문유치원을 이유로 광주극장을 기타 금지시설로 지정했는데, 기타 금지시설이 위헌이라는 결정을 얻어내기 위해 지난한 법정 공방을 거쳐야 했다. 힘든 싸움이었지만 결과적으로는 승소했고, 광주극장은 다시 이어질 수 있었다. 늦게 만들어진 법률이 먼저 존재하는 극장을 위협하다니. 엄청난 아이러니가 아닐 수 없다. 그 과정에서 많은

1953년도 광주극장 영사실

영사기 운용에 대한 기술을 배우려고 해도 마땅한 교본이 없던 때
일본어 교재를 번역한 교본과 선배기사의 가르침을 통해 기술을 습득하였다.
디지털영사기의 보급으로 필름 상영의 시대가 막을 내린 현재,
필름이 돌아가는 소리는 이제 옛 추억이 되어 버렸다.

상처를 받았을 텐데, 이야기를 들려주는 그의 목소리는 비교적 덤덤했다. 법정 공방만큼이나 어려워진 극장 경영 상황 때문에 떠나는 이들에 대한 미안함도 컸을 테다. 그의 덤덤한 목소리 밑에 깔린 아픔의 깊이가 어느 정도 일지 감히 짐작도 되지 않아서, 괜스레 목이 메었다.

"매일 출근하면서 오늘 하루도 잘 버텨보자고 생각해요. 가장 힘들었던 점이라면 법적인 부분과 얽힌 것들이 아닐까 싶어요. 예전에는 극장 식구들이 많았는데, 점점 극장 운영이 어려워지면서 사람들이 떠나는 모습을 보는 게 힘들더라고요. 극장을 떠나서도 잘 지내시는 분들도 있지만, 고전하며 살아가는 분들을 볼 때 마음 한구석이 아려요."

힘든 일이 있으면, 좋은 일도 있는 법. 주말마다 양손 가득 광주극장 스텝들을 위해 간식을 챙겨 영화를 보러 오는 관객, 같은 영화를 20번 이상 볼 정도로 영화를 사랑하는 열혈 관객들은 광주극장의 가장 큰 자산이다.

어느 해 10월 마지막 날, 왕가위 감독의 〈화양연화〉를 필름으로 상영하는 시간이 있었다. 〈화양연화〉 상영 타임은 기존의 입장 티켓 대신 단풍잎으로 티켓을 대체했다. 박태규 화백에게 부탁해 나무를 한그루 그려서 로비에 두고, 관객들은 그림 속 나무에 단풍잎들을 하나씩 달면서 상영관으로 입장했다. 영화를 보고 난 뒤에는 영화의 여운을 느끼며 관객들과 함께 삼삼오오 각자의 차를 타고 화순 운주사의 천불천탑을 갔다. 영화 속에서 양조위가 앙코르와트를 가는 것처럼 그들은 운주사로 향한 것이다. 그때의 기억이 오래 남아 매년 10

월 마지막 날에 〈화양연화〉를 보고 운주사를 가는 프로그램을 할까 하는 생각도 했다고 한다.

"항상 같은 자리에 있다는 게 광주극장만의 색깔이 아닐까요. 80년이 넘는 시간 동안 계속 한 자리에서 영화를 상영해왔다는 사실은 광주극장이 내세울 수 있는 가장 큰 힘이라고 생각해요. 많은 공간들이 빠르게 생기고 사라지는 시대에서 오랜 시간을 지켜온 공간이 있다는 건 시민들의 도시적 상상력도 키워주는 역할도 하고요."

"극장 안에서의 시간이 쌓여 광주 역사의 일부분이 된다고 생각해요. 공간 안에서의 개개인들의 역사도 함께 맞물려서 하나의 역사가 되고요. 광주극장은 광주라는 도시에서 역사적 애향심을 가질 수 있는 곳이라고 생각해요."

무슨 말이 필요할까. 많은 공간이 빠르게 생기고 사라지는 이 시대에 온몸으로 역사를 쌓아온 광주극장은 존재 자체만으로도 색깔이 되는 곳이다. 일제 강점기, 한국 전쟁, 민주화 운동까지. 광주극장은 살아있는 역사다.

이런 공간을 가진 광주 시민들이 부러워졌다. 오랜 역사를 쌓아온 공간 속에서, 자신만의 역사를 겹겹이 써 내려가는 기쁨을 누릴 수 있기 때문이다. 그는 극장에 방문한 관객들이 조금 더 편하게 영화를 관람하고 공간을 이용할 수 있게 시설들을 수리하고 싶다고 했다. 몸이 튼튼해야 더 오래 지속해나갈 수 있으니까. 개관 100주년에는 동네잔치처럼 기념 잔치를 하는 광주극장의 모습을 상상해본다.

그는 살아오면서 보았던 인생 영화로 〈영웅본색〉과 〈미지와 의 조우〉를 꼽았다. 〈영웅본색〉은 앉은 자리에서 다시 연달아 재관람을 할 정도로 벅찬 느낌이었고, 〈미지와의 조우〉는 영화에 홀린 듯한 느낌이 들었다고 했다. 그리고 허우 샤오시엔 감독의 영화들을 좋아해서 언제나 상영을 기다리고 있다고 했다.

"영화관이란 소멸하지 않고 존재하고 있다는 것 자체가 큰 의미인 곳이라고 생각해요."

이야기를 들으며 머리를 한 대 맞은 느낌이었다. 간결하면서도 명료한 한 마디가 내 마음을 깊게 파고들었다. 소멸하지 않고 존재하고 있다는 것. 광주극장과 무척 잘 어울리는 대답이다.

"꿈꾸는 이상적인 영화관의 모습이 있다면 어떤 모습일까요?"
"따로 이상적인 모습이 있지는 않아요. 우리 극장으로 대입했을 때, 만약 20명의 관객이 영화를 보러 온다 치면 그 20명이 생각하고 앉는 각각의 자리가 있어요. 공동의 관람 시간이지만 각자가 섬처럼 떨어져 원하는 자리에 앉아 영화를 관람할 수 있다는 게 때때로 이상적으로 느껴지긴 해요."

많은 좌석 수 덕분에 앉을 수 있는 자리는 넘쳐나지만, 나 역시도 광주극장에서 영화를 볼 때 무의식적으로 앉는 자리가 있다. 나는 주로 2층 앞 열 커플 좌석에 자주 앉는다. 커플 좌석이라 1인 좌석보다 공간이 넓어 가방을 놓기에도 좋고, 스크린과의 거리가 딱 좋은 느낌이 들기 때문이다. 다른 사람들도 자주 앉는 좌석들에 그런 마음을 느끼지 않을까. 모르는 이들과 공간을 공유하며 함께 영화를 보지만 각각의 거리를 유지하고 있기에 러닝타임 동안 그 좌석은 자신만의 고유한 공간이 된다.

"매일 광주극장의 문을 오픈할 때 어떤 생각들을 하면서 문을 여시는지 궁금해요."

"영사실에서 일하시는 영사 실장님께서 매일 새벽 6시에 극장 문을 여세요. 상영 전에 준비해야 할 것들이 많기 때문이죠. 저는 그 후에 출근하고요. 매일같이 똑같은 시간에 극장 문을 열고 오픈을 준비하는 모습을 보면서, 그러한 분들의 땀과 노력이 있기 때문에 극장이 유지되고 있다고 생각해요. 지금 함께하는 동료들과 앞으로도 극장을 잘 이끌어나가고 싶다는 마음으로 매일 하루를 맞이해요."

영화가 무사히 상영되기 위해서는 많은 이들의 보이지 않는 노고가 뒤에 숨어있다. 스텝들의 땀과 노력 없이는 이렇게 오랜 시간 극장이 이어져 올 수 없었을 테다. 몇십 년간 이어진 영사실장님의 생활 루틴처럼, 광주극장은 오늘도 힘차게 문을 열고 관람객에게 인사를 건넨다. 어서 오세요, 광주극장으로.

〈모리의 정원〉

2018 | 일본 | 99min

〈모리의 정원〉은 30년 동안 정원을 벗어난 적 없는 화가 모리카즈의 이야기를 그린 작품이다. 무려 30년이라는 시간 동안 집과 정원만 오간 모리의 모습은 마치 코로나 19로 인해 사회적 거리 두기라는 이름으로 외출을 자제하는 요즘 같은 시대에 딱 걸맞은 작품이라는 생각이 든다.

영화의 초반부는 자연과 곤충들의 모습을 세밀하게 담아서 보여주는데, 그 장면들이 어찌나 강렬하던지 내셔널 지오그래픽 채널을 보고 있는 듯한 기분이 들었다. 영화 속에서 모리는 끊임없이 정원을 관찰하고, 또 관찰하는 행위를 반복한다. 더 넓은 세상으로 가자는 얘기에도 모리는 거절하고 자신의 정원을 지키며 그 자리에 남는다. 어쩌면 그에게 다른 세상은 필요치 않을지도 모른다. 모리에게 있어서 정원은 이미 우주와도 같은 신비로운 공간이니까.

감초와도 같은 키키 키린의 연기도 이 영화를 더욱더 매력적으로 돋보이게 만드는 요소 중 하나다. 키키 키린의 연기를 이제는 스크린에서 볼 수 없다는 사실이 참 안타깝지만, 그녀가 남기고 간 연기는 하나의 생명처럼 영화 속에서 살아 숨 쉬니 그것만으로도 큰 위로가 된다. 자극적이지 않고, 잔잔하게 흘러가는 〈모리의 정원〉. 힐링이 필요한 이들에게 말하고 싶다. 우리 함께 모리의 정원으로 가자고.

07

—

다양한 영화적 체험의 장소,
대전 아트시네마

몇 주째 주말마다 비가 내렸다. 오늘도 마찬가지였다. 내리는 비와 함께 대전천을 걸었다. 한산한 대전천을 걸으며 토독토독 우산 위로 떨어지는 빗방울의 일정한 리듬을 듣고 있자니 저절로 감성에 젖어 들었다. 예전에 일 년 정도 섬에 살았던 적이 있었다. 섬에는 비가 자주 내렸다. 비를 좋아하는 편은 아니지만, 섬에서 마주하는 비는 나름대로 운치가 있어서 비가 올 때면 우산을 들고 해변 옆으로 난 작은 길들을 걸었다. 하늘에서 땅으로 수직 낙하 하는 수많은 빗방울을 온몸으로 받아내고 있는 바다를 천천히 걸으며 바라보곤 했다.

대전천 산책을 마치고 근처에 위치한 대전 아트시네마의 문을 두드렸다. 작고 아늑한 대전 아트시네마의 로비는 따뜻한 차 한 잔 같은 느낌이어서 비 오는 날씨와 썩 잘 어울렸다.

대전 아트시네마를 운영하는 강민구 대표님은 목소리에서 묻어나는 호탕함이 시원시원했다. 2006년 대전 시네마테크의 전용 상영관으로 개관해 첫 발걸음을 떼기 전의 대전 아트시네마는 지금의 모습과는 사뭇 달랐다. 작은 사무실을 만들어 시네마테크 대전이라는 이름으로 씨네클럽 활동을 하다가 전용관의 필요성을 느끼고 그는 공간을 만들게 되었다. 대전 아트시네마라는 이름은 한국 시네마테크 협의회와도 연관을 맺고 있고, 다른 독립예술영화관들과 달리 시네마테크 운동을 계속 이어나가겠다는 의미에서 붙이게 되었다. 이름만 들어도 시네마테크가 단박에 떠오르는 걸 보니, 잘한 결정이다 싶다. 시네마테크와의 연관성을 가져가는 독립예술영화관이라는 점에서 대전 아트시네마는 고유한 정체성을 확립했다.

대전 아트시네마에서 상영되고 있는 영화의 대부분은 수입, 배급사에서 상영 요청이 들어온 작품들을 살펴보고 선정되고 있다. 해외 영화 같은 경우는 완성도, 작품성, 주제 의식을 많이 본다. 한국 영화는 저예산으로 만들어진 독립영화들이 주이기에 열악한 제작환경을 고려해서 주제 의식이 뚜렷하거나 사회적 함의를 가진 작품이라면 가리지 않고 상영하려고 하는 편이다. 주제 의식이 뚜렷한 영화들은 상영이 끝난 후에도 관객의 기억 속에 오래 남아 강한 잔향을 남긴다. 단순히 정해진 러닝타임 동안 영화를 보고, 상영관을 나온 후에는 잊어버리는 영화가 아닌 짙은 여운을 느낄 수 있도록 한다는 점에서 좋은 작품 선정 기준이다.

상영작으로 선정된 영화는 2주의 기본 상영을 보장받는다. 상영이 진행되게 되면 최소 2주 단위의 상영 계약이 잡히는데, 그것에 맞추어 상영 시간표도 2주 단위로 짜고 업로드 한다. 보통은 1주일 단위로 상영 시간표를 올리는데, 대전 아트시네마는 2주여서 놀라웠다. 2주 단위로 올리는 건 관객의 입장에서는 원하는 상영 스케줄을 미리 파악할 수 있다는 점에서 장점으로 작용하지만, 상영하는 입장에서는

고정화 된 스케줄로 인해 변경이 어렵다는 단점이 있다. 그런데도 배급사와의 약속을 지키기 위해 2주 단위의 시간표를 꿋꿋이 올리는 모습을 보고 있자니, 뭉클했다. 상생이란 이런 게 아닐는지.

시네마테크와 연계된 만큼, 영화상영과 GV를 넘어서 다양한 영화적 체험이나 문화적 경험을 할 수 있도록 영화 특강 프로그램도 열리고 있다. 이러한 부분은 처음 오픈 때부터 염두에 두었던 것이기

에 계속 이어나가려 노력하고 있다. 예산이 부족할 때는 강민구 대표의 사비까지 투입되어 열리기도 했지만, 지금은 다행히도 대전 문화재단에서 지원해주어 예산 걱정은 덜고 더 다양한 프로그램의 개최가 가능해졌다. 심도 있게 영화에 대해 알고 싶은 이들에게 지역에서 개최되는 이런 프로그램들은 빛과 소금과도 같기에 앞으로도 멈추지 않고 열리면 좋겠다.

"오사카에는 독특한 형태의 미니시어터가 많은 편이라 그러한 공간들을 지역에 소개하고 싶어서 '플래닛 플러스 원'을 운영하는 토미오카 쿠니히코 씨를 초청해 이야기를 듣는 자리를 만든 적이 있었어요. 그리고 오사카는 아니지만 삿포로가 대전시와 자매결연도시라 '씨어터 키노'에 프로그래머를 출장 보내기도 했었는데, 갑자기 코로나19가 터지는 바람에 교류가 중단되어서 아쉬워요."

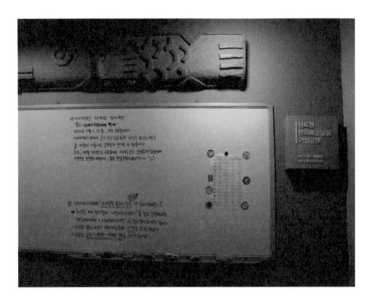

　　대전 아트시네마는 일본의 작은 영화관들과 교류하고 있다. 일본 같은 경우는 미니시어터들이 활발하게 운영되고 있는 편이어서 그들은 어떻게 운영하는지 궁금해 직접 살펴보러 걸음 하기도 했다고 한다. 나도 한때 오사카 지역의 예술 영화관들을 가보고 싶어서 찾아봤던 적이 있었다. 오사카에는 씨네 누보, 플래닛 플러스 원, 제7예술극장 등 매력적인 미니시어터가 많이 있다. 규모는 작지만 사랑해주는 사람들의 마음은 결코 작지 않은 극장들이 곳곳에 자리하고 있는 도시. 그러한 영향 때문인지 오사카에 가서 골목을 걸을 때면, 마음이 말랑말랑해지는 느낌을 때때로 받곤 했다.

　　영화 상영, 특강, 세미나에 그치지 않고 강민구 대표는 직접 영화까지 만들었다. 대전 아트시네마의 10주년 기념 영화 〈극장전

Part1-꽃의 왈츠〉가 바로 그것이다. 보통 기념 영상이라고 하면 유명인들의 축하가 담긴 인사 영상들이 대부분이다. 그런 획일화된 영상을 넘어서 직접 기념할 수 있는 걸 만드는 게 좋겠다는 생각을 안고 기념 영화 작업을 시작했지만, 영화 작업은 만만치 않은 일이었다. 직접 각본, 출연, 연출, 편집까지 영화의 전반적인 작업 대부분을 혼자 도맡아서 하는 건 불가능에 가까운 에너지가 들어가는 일이었다. 두 번째 작품도 만들고는 싶지만, 워낙 힘들게 첫 작업을 했던지라 미정이라고 한다. 그래도 완전히 놓지는 않고 자료조사를 통한 작품 기획을 꾸준히 해나가고 있다.

그에게 〈극장전 Part1-꽃의 왈츠〉을 볼 수 있는 방법을 물었더니 처음으로 수줍은 모습을 내비쳤다. 특별 상영만 하고 따로 공개하지 않아서 현재로서는 볼 방법이 없다고 대답하는 그의 두 뺨이 약간은 상기되어 붉어졌다.

긴 시간 동안 상영을 이어오며 기억에 남는 에피소드로 그는 예전에 자주 영화를 보러 오던 몇몇 대학생들에 대한 이야기를 들려주었다. 언제 영화 상영이 끝난 후 건물 옥상에 흡연하려고 올라간 그 친구들을 미처 발견하지 못하고, 극장에 아무도 없는 줄 알고 셔터를 내리고 퇴근을 했다가 소방서에서 연락을 받고 급하게 다시 와 문을 열어주었던 기억이 진하게 남아있다고 했다. 그리고 그 친구들이 각자 서로에게 편지를 써서 극장 곳곳에 편지를 보물찾기처럼 숨겨놓기도 했다고. 그 순간들이 참 영화적이었다고 말하는 그의 입가에 기분 좋은 미소가 살며시 걸렸다.

그의 이야기를 들으며 나는 마치 타임캡슐처럼 시간이 지나고 난 뒤 친구가 숨겨놓은 편지를 극장에서 찾게 된다면 어떨까 하고

상상해보았다. 얼마나 감동적인 장면일까. 사랑하는 공간에서 우정을
나누었던 이가 남긴 편지를 찾아내어 읽는다는 건. 상상만으로도 마
음이 벅차올라서 나도 덩달아 흐뭇해졌다.

　　하지만, 일하는 스태프들에게 막 대하거나 갑질하는 관객들이
올 때면 불쾌한 감정이 며칠씩 가서 심적으로 힘들다고 했다. 운영하
는 이가 아무리 애정을 가지고 공간을 가꾸어 나가도, 공간에 대한 이

내가 사랑한 영화관

해도가 없는 이들의 방문은 그런 애정을 퇴색되게 만든다. 누군가에 겐 잠시 스쳐 지나갈 곳일지라도, 또 다른 누군가에게는 공간 자체가 사랑이라는 걸 잊지 말고 조금 더 정중하게 공간을 대해주는 방문이 늘기를.

"일본의 미니시어터를 다니면서 어떻게 운영하는 게 좋을지 고민을 많이 했었어요. 그렇지만 결코 정답은 없더라고요. 정답은 없지만, 영화관에서 영화를 보는 원형적인 체험을 넘어서서 다양한 영화적 체험을 할 수 있는 것이야말로 우리가 가지는 하나의 색이 아닐까 싶어요."

영화를 상영하고 감상하는 원형적 체험과 특강을 통한 다양한 영화적 체험의 통로를 앞으로도 활짝 열어놓기 위해 대전 아트시네마 는 시네마테크 프로그램도 꾸준히 해나가려 노력하고 있다.

영화를 사랑하는 그는 인생 영화로 시네마테크를 들락거린 시 네필이라면 다들 알법한 누벨바그의 거장 장 뤽 고다르 감독의 〈미치 광이 피에로〉를 꼽았다. 고다르가 만든 작품 중에서 제일 시적이라고 생각해서, 가장 좋아하는 작품이라고 말하는 그의 눈빛이 반짝였다.

"영화관은 이름처럼 영화를 온전히 체험할 수 있는 공간이에요. 모니터나 다른 형태로 볼 때는 콘텐츠를 소비하는 느낌이지만, 극장에서 영화를 보는 건 잊을 수 없는 체험이에요. 사운드나 공간감 같은 부분도 극장에서 보는 것과 집에서 보는 건 확연한 차이가 나고요."

매번 느끼는 거지만, 영화는 영화관에서 볼 때 가장 최상의 체험을 누릴 수 있다. 작은 화면과는 비교도 되지 않는 스크린의 웅장함과 사운드는 극장에서만 느낄 수 있는 가장 아름다운 순간이다.

"저는 이상적인 영화관의 모습이 따로 있지는 않고, 대전 아트시네마로 대입해서 이야기하고 싶어요. 시설을 조금 더 개보수해서 훨씬 쾌적한 환경으로 만들 수 있다면 좋겠다는 생각이 늘 있어요."

이상적인 모습이 따로 있지는 않다는 건, 지금의 대전 아트시네마가 그가 생각하는 이상적인 모습에 가장 근접해있기 때문일지도 모른다. 때로 이상은 현실과 맞닿아있으니까. 이상과 현실이 맞닿아있는 이 공간에서 그는 매일 하루를 시작하고 힘차게 극장 입구의 셔터를 올린다.

이야기를 마치고 건물 밖으로 나오자 도시 전체를 미스트처럼 촉촉하게 적시던 빗방울이 연해지고 있었다. 색색의 우산을 손에 들고 움직이는 사람들이 촘촘하게 거리를 가득 메우고 있다. 나는 근처에 있는 다방에 들어가 쌍화차 한 잔을 시켜놓고 창밖으로 알록달록한 우산들이 움직이는 모습을 구경했다. 묘하게 영화 〈쉘부르의 우산〉이 떠오르는 날이었다.

〈패왕별희 디 오리지널〉

1993 | 중국, 홍콩 | 171min

〈패왕별희〉는 1993년에 개봉해 현재까지도 많은 이들에게 명작으로 회자되는 작품이다. 장국영, 공리, 장풍의라는 우리에게도 꽤나 익숙한 배우들이 출연하는데, 특히나 장국영을 사랑하는 팬들에게 있어 다섯 손가락 안에 꼽히는 작품이기도 하다.

맨 처음 〈패왕별희〉를 보았을 때 나는 대학생이었는데, 아직도 처음 보았을 때의 강렬함이 뇌리에 남아있다. 극 중에서 경극 패왕별희 속 우희를 연기하는 장국영의 몸짓과 목소리는 그가 아니면 누가 감히 그 배역을 연기할 수 있을까 싶을 정도로 완벽했다. 역사적으로도 〈패왕별희〉는 영화 그 이상의 큰 의미를 가진다. 중일전쟁, 국공내전, 문화대혁명 등의 굵직한 사건들을 주인공들의 소년기부터 시작해 자연스러운 흐름으로 보여준다. 아역들을 비롯해 모든 배우들의 뛰어난 연기 덕분에 단 하나도 강렬하지 않은 장면이 없었다. 그래서일까. 나는 매년 〈패왕별희〉를 한 번씩은 다시 돌려보곤 하는데, 그때마다 울지 않은 적이 없었다. 이번에 보면서도 그렁그렁 계속 눈물이 고였는데, 스크린으로 이 작품을 볼 수 있다는 사실에 벅차서 더 눈이 빨개졌다. 특히나 이번 재개봉은 기존과 달리 삭제된 15분가량의 장면이 삽입되어서 더욱 의미 깊었는데, 삭제된 장면들을 보면서 마음이 얼마나 슬프게 요동쳤는지 모른다.

문득 "인간의 삶은 무상하여 봄날의 꿈과 같고."라는 극 중 공연인 '귀비취주' 속 대사가 떠오른다. 마치 봄날의 꿈과도 같은 무상한 삶은 영화 속 인물들의 모습과 참 많이 닮았다. 비단 영화 속 인물에게만 한정된 이야기는 아니다. 많은 이들이 삶의 순간이 참으로 무상함을 깨달으면서도, 계속 살아나간다. 그것은 인간이기에 가능한 일은 아닐까. 그렇기에 오늘도 나는 무상함을 걷어내며 삶을 걸어 나간다.

패왕별희
디 오 리 지 널

장국영 공리 장풍의 • 첸 카이거 감독 작품

producer FENG HSU executive producer JADE HSU, PIN HSU line producer ZHENGYU LU associate producer DONALD RANVAUD line producer SUN YING, JIA ZHANG
music by JIPING ZHAO Cinematography by CHANGWEI GU film editing by XIAONAN PEI art direction • set and costume designer CHANGWEI CHEN

2020.05.01

08

—

우리를 만나는 영화관,
인디스페이스

　　예전 종로 3가는 단성사, 피카디리 극장, 서울극장이 옹기종기 모여 있었는데 지금은 시대의 흐름에 따라 다들 변화된 모습으로 남아있다. 단성사는 현재 영화관이 아닌 단성 골드 빌딩으로 바뀌었고, 피카디리는 CGV의 체인이 되었지만 서울극장만은 여전히 건재하다. 그런 서울극장 안에는 같은 건물을 사용하지만, 각각의 개별 된 공간의 서울 아트시네마와 인디스페이스가 있다. 상업영화를 상영하는 서울극장, 예술영화들을 상영하는 서울 아트시네마, 작은영화들을 상영하는 인디스페이스.

　　인디스페이스는 민간이 주도해서 만든 한국 독립영화만을 상영하는 최초의 독립영화관이다. 2007년에 명동 중앙시네마 건물에서 처음 문을 열고, 그 후에는 광화문 씨네큐브 맞은편에 자리를 잡고 상영을 이어오다 지금의 자리인 서울극장으로 오게 되었다.

　　다른 도시에서도 독립영화 상영관을 운영하는 일이 힘들지만, 서울에서 운영하는 일은 특히나 더 힘든 일이다. 많은 동네들이 계속

젠트리피케이션 현상을 겪고 있고, 갈수록 임대료는 더 치솟고 있으니까. 여러 번의 이사를 거쳐야 했던 인디스페이스 또한 얼마나 힘들었을까 싶다.

이은지 님은 오랜 시간 인디스페이스를 지켜나가고 있는 일원이다. 홍보팀장을 맡아 SNS 관리부터 시작해 여러 가지 일을 도맡아 하는 그는 천천히 인디스페이스의 이야기를 내게 들려주었다.

인디스페이스가 휴관하고 재개관을 하는 데에는 정권적인 문제가 크게 작용했다. 위탁 운영자를 공모하는 방식에 반대해 2009년에 휴관을 하고, 2012년에 재개관을 하는 과정에 얽힌 문화예술계 블랙리스트가 바로 그것이다. 아직도 많은 이들이 블랙리스트 문제 해

결을 위해 싸우고 있고, 인디스페이스 또한 꾸준히 목소리를 내고 있다. 과거에 잘못된 것들은 시간이 흐른다고 자동으로 해결되지 않는다. 그것들을 바로잡기 위해 노력하는 이들이 있기에 해결될 수 있고, 미래로 향해 나아갈 수 있는 것이다. 멀지 않은 날에 블랙리스트 문제가 꼭 해결되었으면 좋겠다.

"각 좌석에 쓰인 후원자 시스템은 광화문에서 재개관을 하면서 시작된 건데요. 재개관을 하려면 아무래도 많은 돈이 필요한지라, 좌석에 후원자의 이름을 새기는 걸 하기 시작했어요. 좌석당 200만 원씩을 받고, 각각의 좌석을 후원자에게 판매한 거죠. 그때는 100석 규모여서 100석을 판매했고, 그게 다시 문을 여는 데 정말 큰 도움이 됐어요."

나눔자리 시스템은 인디스페이스를 떠올리면 가장 먼저 생각나는 시그니처와도 같다. 처음 재개관을 할 때는 영화인이나 관객들이 주로 후원을 많이 해주었다면, 지금은 배우의 팬들이 배우의 이름으로 나눔자리를 구매하는 형태로 많이 바뀌었다.

서울 아트시네마와 같은 층에 붙어 있는 인디스페이스. 서울 아트시네마가 먼저 서울극장으로 들어오고, 몇 달 후 인디스페이스도 이곳으로 왔다. 서울 아트시네마와 함께해나갈 수 있는 것들이 많이 있을 것 같다는 생각에 내린 결정이었다. 그러나 막상 기획을 같이해나가기란 쉽지 않았다. 두 영화관의 상영작의 결이 너무도 달랐기 때문이다.

예술영화와 고전영화의 상영이 많은 서울 아트시네마와 한국 독립영화만을 상영하는 인디스페이스. 서로 다른 결에도 불구하고 그들은 종종 콜라보를 통해 함께 행사를 개최해나가곤 한다. 행사 콜라보외에도 정책적인 부분들을 논의할 때도 서로 힘이 되어주고, 급하게 필요한 물건을 서로 빌려줄 정도로 일상에서도 친밀함을 유지하고 있다. 그는 서울 아트시네마를 가리켜 함께 할 수 있는 친구라고 말했다. 상영관이 바로 옆에 붙어 있어서 서로를 옆집이라고 부르기도 한다고.

같은 층에 위치하다 보니 티켓 발권 에피소드도 흔치 않게 있다. 서울극장 건물 안에는 매표소가 두 곳이 있다. 인디스페이스와 서울 아트시네마가 함께 사용하는 매표소가 있고, 서울극장의 매표소가 있다. 처음 오는 사람들은 매표소가 따로 있다는 걸 잘 몰라서 헷갈리

곤 한다. 인디스페이스 매표소에 와서 서울극장 티켓을 달라고 하거나, 서울극장 매표소에 가서 인디스페이스 티켓을 달라고 하는 일들이 종종 벌어진다고 했다.

　한 건물에 세 곳의 영화관이 존재하고 있기에 처음 오는 관객들은 혼동을 겪기도 하겠지만, 영화로 여행을 떠나고자 하는 이들에게는 상당히 재미있겠다는 생각이 들었다. 독립영화, 고전영화, 상업

영화를 하루에 연달아 볼 수 있는 곳은 대한민국에서 이곳이 유일하니까.

인디스페이스에서는 관객 기자단 인디즈를 운영하고 있는데, 그들이 작성한 리뷰를 독립영화 큐레이션 레터인 '인디즈 큐'를 구독하는 이들에게 매주 메일로 발송하고 있다. 인디즈가 만들어내는 콘텐츠들을 더 많은 이들에게 노출하고 싶은 마음에 시작된 '인디즈 큐'는 마치 동네 책방의 큐레이션과 닮았다. 현재 상영 중인 영화가 아니더라도, 상영을 하지 않는 영화도 소개하고 어디서 볼 수 있는지도 안내하고 있다는 점에서 오래된 책이라도 보석 같은 책이라면 독자로 하여금 발견의 기쁨을 누릴 수 있게 하는 동네 책방의 모습이 겹쳐 보인다. '인디즈 큐'를 통해 더 많은 사람들이 우리나라에 존재하지만, 대중에는 잘 알려지지 않은 작은 영화들의 존재를 알게 되었으면 좋겠다.

"대한민국 최초의 독립영화 전용 상영관'이라는 타이틀이 부담도 되지만, 독립영화를 상영하는 곳 중에서 꽤 규모가 큰 편이고 최초라는 타이틀이 있기에 더 잘하고 싶다는 생각들이 있어요. 길게 쌓인 공간의 시간만큼 앞으로도 계속 잘해나가고 싶어요."

언제나 선구자에게는 최초라는 타이틀이 붙는다. 부담스럽지 않을 수 없겠지만, 이제까지 잘해온 만큼 앞으로도 인디스페이스는 분명히 잘 해낼 것이다.

그는 상영작 소식, 상영시간표, 행사 정보들을 넘어 방대한 이

야기들을 품고 있는 SNS 계정에 대해 고민이 있다고 했다. 팔로우하는 이들이 잦은 업데이트로 인해 피로감을 느끼지 않을지가 그의 고민이었다. 원하는 정보만 딱딱 얻고 싶은 이들도 분명 있을 테지만, 정보를 더 알고 싶어도 찾는 것에 서툰 이들에게 있어 인디스페이스의 SNS는 단비 같은 공간이자 하나의 아카이브가 되어준다고 나는 생각한다. 그러한 생각들을 소리 내어 전했더니 그의 표정이 훨씬 밝아졌다.

"긴 시간 동안 상영이 이루어진 만큼, 저희 극장을 아껴주는 관객들은 모두 기억에 남아요. 자주 찾아와 주는 관객들은 얼굴을 알기도 하고요. 오시는 단골 관객 중에는 스탭들 먹으라고 간식을 사 오는 분들도 있어요. 개관 일에는 케이크를 사 오기도 하고요. 개인으로써는 정말 큰돈인데, 나눔자리를 구매해준 분들도 있

고요. 그렇게 챙겨주는 관객들을 보면 부끄럽지 않게 더 잘하고 싶다는 생각이
강하게 들죠."

소설 〈GV 빌런 고태경〉이 떠올랐다. 소설의 주 배경은 인디스
페이스다. 주인공 고태경은 거의 매일 인디스페이스에 온다. 그런 고
태경을 스텝들이 기억하는 것처럼, 자주 찾아와 주는 사람들은 자연
스레 기억에 남을 수밖에 없을 것 같다. 그처럼 영화를 사랑하고, 공
간을 사랑하는 관객의 걸음이야말로 인디스페이스가 계속 자리를 지
킬 수 있는 하나의 원동력이다.

서울은 다른 도시에 비해 독립예술영화관들이 많은 편이지만,
인디스페이스의 존재감은 각별하다. 오로지 한국 독립영화만 상영하

기 때문이다. 이 부분이 장점이자 단점이 될 수도 있지만, 작은 영화를 만드는 이들에게 더 많은 상영의 기회를 부여한다는 점에서는 아주 긍정적인 측면이라고 생각한다. 독립영화의 가장 큰 키워드인 다양성을 상영을 통해 지켜주고 있는 공간, 인디스페이스. 서울의 중심인 종로에 존재하며 다양한 사람들의 다양한 이야기를 들려주고 싶은 인디스페이스는 앞으로도 문화적 다양성을 지켜나가고 싶다고 했다. 다양성이 죽으면, 그저 획일화된 이름의 문화예술만 남을 테니까. 인디스페이스처럼 다양성을 지키는 공간이 있기에, 창작자들이 마음 놓고 다양한 작업을 해나갈 수 있다.

유튜브 채널인 'CH 가지'도 마찬가지다. 2019년 '독립영화 반짝반짝전'이라는 행사를 통해 미개봉한 독립영화를 모아 상영하는 시간을 가졌고, 미개봉작들을 알리려는 취지에서 기획전에 작품이 상영된 감독들을 1분 인터뷰해서 영상을 올린 것이 'CH 가지'의 시작이었다. 인디스페이스라고 채널 이름을 지을 수도 있지만 여러 가지와 나뭇가지가 뻗어 나가듯 다양한 것들을 보여주겠다는 중의적인 의미에서 가지라는 이름을 채널에 붙였다. 'CH 가지'에 더 많은 영상들이 쌓이고 쌓여서 인디스페이스의 또 다른 아카이브가 되길 바라본다.

그는 인생영화로 윤성호 감독의 〈은하해방전선〉을 꼽았다. 인디스페이스가 개관과 동시에 개봉해 상영했던 영화이기도 하고, 인디스페이스에서 맨 처음 본 작품이기 때문이다. 고향이 천안인 그는 보고 싶은 영화가 있으면 서울로 와서 보곤 했는데, 한국 독립영화만 상영하는 극장이 새롭게 문을 열었다는 소식을 듣고 인디스페이스에 갔다가 〈은하해방전선〉을 보고 너무 재미있어서 문화충격을 받았다고

했다. 인디스페이스의 시작을 함께 한 영화를 보게 되고, 나중에는 인디스페이스에서 일하게 된 걸 보면 〈은하해방전선〉은 그에게 있어 운명적인 작품이라고 말 할 수 있을 것 같다. 인디스페이스와 첫 연결고리가 생긴 작품이니까.

"영화관이 주는 특유의 분위기와 러닝타임이 주는 오롯이 나와 스크린만이 존재하는 느낌이 정말 좋아요. 영화관이란 제게 있어서 바깥세상과 분리될 수 있는

해방구 같은 존재예요."

어둠이 깔린 상영관에는 오직 나와 스크린만이 존재한다. 마치 다른 세계로 떠나는 듯한, 짧은 여행의 느낌을 주는 영화관은 팍팍한 현실에서 도피할 수 있는 가장 가까운 해방구다.

"제가 꿈꾸는 이상적인 영화관의 모습은 응원하는 영화가 상영되고, 그 영화가 관객들의 호응을 받아 매진으로 이어지는 거예요."

매진이라는 단어를 들으니 마음이 괜스레 몽글몽글해졌다. 내가 응원하는 영화를 많은 이들이 봐주는 것만큼 행복한 일이 있을까. 가만히 머릿속으로 상영관 가득 들어찬 관객들의 모습을 상상해보았더니 파도 같은 감동이 왈칵 몰려왔다.

좋아하고 관심 있는 것을 직업으로 삼아 일할 수 있다는 부분에서 운이 좋다고 생각한다는 그의 목소리에서 인디스페이스에 대한 애정이 넘실거렸다. 좋아하고, 관심 있는 분야의 일을 직업 삼아 하는 기회는 쉽게 주어지지 않는다. 많은 이들이 현실과 타협하며 생계를 위해 하기 싫은 일들을 하며 매일을 살아가니까. 마스크 속에 가려져 잘 보이지 않지만, 나는 말을 하는 그가 웃고 있음을 느낄 수 있었다.

인디스페이스 로비 창밖으로 보이는 구름이 참 맑았다. 청명한 구름이 하늘을 두둥실 떠다니던 오늘을 오래도록 기억에 남겨두고 싶다. 책갈피에 끼워 오늘을 기억할 수 있게 만들어야지. 유난히 맑았던 종로의 하늘을 잊지 않고 간직할 수 있게.

〈고양이 집사〉

2019 | 대한민국 | 97min

〈고양이 집사〉는 춘천, 성남, 부산의 고양이 집사들과 고양이의 모습을 담은 작품이다. 요즈음 많이 지쳐있던 터라 힐링이 필요했는데, 이 작품을 보며 입가에 내내 미소가 그려졌다. 귀엽고 사랑스러운 고양이의 모습을 스크린으로 보고 있는 것만으로도 기분이 좋아지는 마법을 경험했다. 참 신기하게 고양이는 존재 자체로도 사람에게 마법을 건다. 그런 고양이가 거는 마법에 사람은 알면서도 속수무책으로 당할 수밖에 없고.

영화 속에 등장하는 고양이들은 특정 집사를 정해서 안온한 삶을 살 수도 있지만 그러지 않고 길 위에 산다. 그렇기에 그들은 모두가 집사가 되고, 고양이 또한 모두의 고양이가 되는 삶을 누릴 수 있는 건 아닐까. 동네 고양이들의 밥을 매일 같이 준비하는 중국집 사장님의 모습이 참 인상 깊었다. 짜장면을 싣고 달려야 할 오토바이에 고양이 도시락을 싣고 곳곳을 누비는 걸 보면서 공존이란 바로 이런 게 아닐까 싶었다. 고양이들은 각자의 영역을 지키고, 사람은 그 영역을 최대한 존중하면서 그들과 함께 살아가는 것.

우리는 같은 하늘 아래 서로 다른 모습으로 태어났지만, 같은 영역을 공유하며 살아간다. 인간은 지구의 주인이 아님을 이 작품 속 고양이들을 보며 다시 한번 깨닫는다. 그렇기에 고양이를 괴롭히거나 무서워하지 않고 더불어 살아가는 사회가 되었으면 좋겠다. 고양이는 사랑이니까.

앞집에서 밥 먹고
옆집에서 자고
우리 동네 찐셀럽

냐옹~♥이란 마법에 빠진

고양이
집사

2020.5.14

Ⅱ.

우리가 영화를
선택한 것이 아니라
영화가
우리를 선택했다

〈장 뤽 고다르〉

때때로 러닝타임이 끝나고 상영관을 나오는 순간, 머릿속에 깊은 여운처럼 맴도는 그런 영화들이 있다. 누군가에게는 그 한 편의 영화가 인생을 바꿀 수도 있을 것이고, 또 다른 누군가에게는 아픔을 치유하는 형태로 작용하기도 한다. 영화는 그렇게 관객의 삶에서 다시 재생된다.

커피포트
나우 NOW
이경희
이종덕
송시현
조우현
선자령
제3의 인공위성
송재훈
SK-HS
단군이네
권유진
권지인
Raphy
꽃사슴
이희선
최명희
나눔 주인이
강혜영
노현진
노현우
푸른영상
조영각
강릉 독립예술극장 보증금 마련 프로젝트 참여해주신 분들입니다
장선아
(주) 인디플러그
주현숙
강남달
소설가 김별아
김채현
서동진
미디액트
Nana Louis
대안영상문화발전소 아이공
고예서
신동익
안세원
조선희
강릉친구 똥파리
다빈 수빈
최봉민
신동우
김승현
신호숙
신은비
이상우
이윤일
CJ CGV
정동진 독립영화제
달
남태우
Tuldaisy

09

—

강릉 시민들의 약속장소,
신영

강릉의 남대천은 생각보다 훨씬 아름다웠다. 여름임을 알리는 쨍한 햇살이 아침의 산책을 반기는 걸 느끼며 남대천을 한 바퀴 걸었다. 발걸음을 따라 옅은 바람이 함께 움직였다. 내 머리칼을 간질이는 바람은 혹시 남대천이 서운해하기라도 할세라 물 위에도 작은 간지럼을 태웠다. 그 모습을 바라보고 있자니 자연스레 입가에 미소가 걸렸다. 바다에 갔다면 시원한 파도 소리가 귓가에 돌림 노래처럼 울려 퍼졌겠지만, 대신 이런 호젓한 여유를 즐길 수는 없었을 것이다. 남대천을 걷던 걸음을 잠시 멈추고 하늘을 올려다보자 코끝에 여름을 담은 바람 냄새가 머물렀다.

1996년, 강릉에서 영화를 좋아하는 사람들이 모여 강릉 시네마테크 활동을 시작하고 '정동진독립영화제'를 개최했다. 그들은 영화제를 개최하며 본격적인 상영 활동을 진행하면서, 상시 상영을 할 수 있는 극장의 필요성에 대한 이야기를 나누었다. 꾸준히 공간에 대한 이야기를 나누던 강릉 시네마테크 회원들은 힘을 모아 2012년에 강릉 독립예술극장 신영의 문을 열었다.

신영이 현재 위치한 장소는 멀티플렉스가 강릉에 들어서기 전 단관극장으로 오랜 시간 강릉에서 이름을 지켜온 신영극장이 있던 곳이다. 멀티플렉스 시대가 도래하면서 전국의 수많은 단관극장이 역사 속으로 사라졌고, 신영극장도 그중 하나였다. 신영극장은 단순한 영화 상영관을 넘어선 강릉시민들의 약속의 장소였다. '신영극장 앞에서 만나자.'라며 약속을 잡던 강릉시민들이 무수히 많았던 것만 봐도 알 수 있다.

예전부터 영화관으로 쓰이던 장소였다는 것과 약속장소로 활용되는 신영의 사랑방적인 기능에 주목해 새로운 형태의 '신영'이 2012년에 이곳에 둥지를 틀게 되면서 강릉의 극장 역사는 새롭게 다시 쓰이고 있다.

강릉 시네마테크의 사무국원이자 독립예술극장 신영의 사무국장을 겸하고 있는 김슬기 님은 5년째 신영과 함께 호흡하며 영사와 매표를 담당 중이다. 그는 2016년 휴관과 2017년의 재개관을 곁에서 지켜본 멤버기도 하다.

웬만한 독립예술영화관들이 다 그렇지만, 신영 또한 매표 수입만으로는 수익이 나질 않아 영화관 운영이 어렵다. 매표 수입이 나지 않는 작은 영화관에게 유일하게 기댈 수 있는 부분이라고는 예술영화관 지원 사업뿐이다. 2016년 예술영화관 지원 사업이 파행을 맞게 되어 지원이 힘들어지자 신영은 감당하기 힘들 정도의 운영난을 겪었다. 운영난 속에서 운영을 계속하는 것은 무리기에 휴관하기로 결정했다. 단, 미래를 기약하지 않는 무기한 휴관이 아닌 재개관을 염두에 둔 휴관이었다.

2017년에 강릉시와 후원 회원의 도움으로 다시 문을 열기까지 신영은 많은 고민의 시간을 거쳤다. 기존의 신영극장은 단관 형태지만, 이전을 통해 관을 여러 개로 늘려 운영을 하는 건 어떨지 생각하기도 했다. 하나의 관은 안정적으로 극장 운영을 해나가기 위해 매표 수입에 도움이 되는 인기작들을 전용으로 상영하고, 나머지 관은 지역 영화와 독립영화를 상영하는 형태로 말이다. 다관 형태로의 전환을 진지하게 고민하고 있던 시기에 강릉이라는 도시에서 신영극장이 가지고 있는 의미를 눈여겨본 강릉시와 긍정적인 이야기가 오가게 되었고, 결국 원래의 자리에서 다시 재개관을 하게 되었다.

신영의 휴관 소식을 당시에 기사로 접하며 참 안타까웠는데, 재개관을 같은 자리에서 해주어 고마웠다. 다른 장소로 이전을 했다면 신영이라는 이름을 쓰기가 애매해져 그 이름을 잃어버리고 다른 이름으로 변화해야 했을 테고, 지리적이나 이름 면에서 관객도 운영진도 새로 적응을 해나가는 시간을 가져야 해서 에너지 소모가 만만찮았을 것이다.

"시네마테크 활동 외에도 '정동진독립영화제'를 함께 진행하고 있어서 후원 회원들에게 영화제 굿즈를 보내드리면 직접 수령하러 신영에 오는 분들이 계세요. 자연스럽게 공간을 통해 시네마테크와 영화제가 이어질 수 있는 장점이 있어요."

대한민국에서 가장 유명한 영화제 중 하나인 '정동진독립영화제'. 시네마테크 활동으로 출발해, '정동진독립영화제'로 이어지고 마지막으로 공간인 신영으로까지 이어졌다는 사실이 상당히 체계적이고 유기적으로 느껴진다. 그래서인지 따로 신영에서 '정동진독립영화

제'에 대한 행사를 하지 않아도 사람들은 '정동진독립영화제'에 대한 기억을 안고 신영에 걸음 한다. 관객들은 시네마테크도, 영화제도, 신영도 모두 다 연결되어 있다고 느끼기 때문이다.

굿즈도 마찬가지다. '정동진독립영화제' 같은 경우에는 개별적인 굿즈가 있지만, 신영은 굿즈가 없어서 언제나 굿즈에 대한 갈망이 있었다. 영수증 형태의 티켓을 주는 극장이 많은 데 반해, 신영은

일반 티켓을 주기 때문에 티켓과 연결해서 굿즈를 만드는 게 어떨까 생각했다. 그렇게 탄생한 굿즈가 바로 티켓 북이다. 티켓을 붙여서 보관할 수 있기에 분실의 우려가 없고, 리뷰를 쓰는 칸도 있어서 기억을 휘발시키지 않고 순간들을 남길 수도 있다. 티켓 북은 아날로그의 느낌을 가져가면서 동시에 기록에 대한 사람들의 니즈가 충족 가능하다는 부분에서 매력적으로 다가온다.

신영의 티스토리 블로그에 접속하면 메뉴 카테고리 상단에 신영 웹진 코너가 있다. 영화 프리뷰, 영화 리뷰, 씨네토크, 기획, DVD 소개, 지역 소식의 구성으로 이루어진 웹진은 군더더기 없이 깔끔한 모양새로 방문자를 반긴다. 더 많은 구성을 품을 수도 있지만, 포인트만 적절히 잘 취한 게 장점이다. 마치 시험 기간에 보는 족집게 노트

의 느낌 같기도 하다.

웹진은 신영에서 '처음쓰는 영화비평', '화양영화'등의 관객모임에 참여했던 씨네필들이 쓴 글들을 지속해서 내보이고 싶다는 생각으로 만들어졌다. 아직 미흡한 점도 많지만 앞으로도 열심히 이어나가보려 한다는 그의 목소리에서 웹진에 대한 애정이 묻어났다.

강릉 출신인 김진유 감독의 영화 〈나는보리〉가 개봉되었을 때, 신영의 시간표를 보고 놀란 적이 있다. 3일간 일절 다른 영화의 상영 없이 모든 회차의 시간표를 오직 〈나는보리〉로만 채운 것이다. 김진유 감독과 시네마테크 활동부터 시작해 오랫동안 인연을 맺어온 것도 영향을 미쳤겠지만, 가장 큰 요소는 강릉 지역에서 활동하는 사람이 드물고 심지어 〈나는보리〉의 배경이 강릉이라는 점에서 상당한 성과라고 느껴서 응원하는 의미에서 3일간의 이벤트가 시작되었다고 한다.

코로나19로 인해 개봉이 미뤄지기도 했던지라 3일간의 이벤트는 신영에게도, 김진유 감독에게도, 관객에게도 모두 선물 같은 시간이었다. 예상보다 많은 관객들이 〈나는보리〉를 보기 위해 신영으로 발걸음 했다. 상영을 통해 공간은 창작자에게 힘을 실어주고, 관객은 방문을 통해 공간에게 힘을 실어주는 상생의 사이클이 아름다웠다. 나도 신영에서 〈나는보리〉를 보았는데, 강릉 출신의 창작자가 만든 강릉 배경의 영화를 강릉의 극장에서 보고 있다는 생각에 마음이 괜히 뭉클해졌다.

신영은 감독들의 공간적 뮤즈로도 작용하는 곳이다. 홍상수 감독의 〈밤의 해변에서 혼자〉, 박배일 감독의 〈라스트 씬〉에도 신영이 등장한다. 감독들이 신영을 주목하는 이유에 대해서 그는 강원도의 특성상 도시와 도시가 동떨어진 느낌이 있고, 그 동떨어진 강릉이라는 도시에 작은 영화들을 상영하는 공간이 있다는 게 신선하게 느껴진 것 같다고 말했다. 그리고 재개관 전에는 상영관의 내부가 예전 단관극장 시절의 신영극장의 원형을 유지한 상태로 운영되었기에 옛 느낌을 찾는 사람들에게 어필이 된 것 같다고 이야기하는 목소리가 더없이 밝았다.

〈밤의 해변에서 혼자〉를 보면 김민희가 신영에서 영화를 관람하는 장면이 나온다. 그 장면 때문인지는 몰라도, 신영에서 영화를 볼 때 마치 영화 속 장면에 들어온 듯한 기분이 들어서 설레었다. 〈라스트 씬〉은 부산 국도예술관의 마지막을 담고 있기도 하고, 신영의 휴관전 모습을 담고 있기도 해서 묘하게 두 공간이 겹쳐져 보였다. 다행히도 신영은 재개관을 했고, 〈라스트 씬〉 속의 모습이 정말 라스트가 아니어서 안도감이 들었다.

강원도 유일의 독립예술영화관이라는 타이틀을 가지고 있지만, 타이틀 자체가 소멸하여 버릴 뻔했던 휴관의 시간을 넘어 훨씬 단단해진 신영은 강원도 유일이라는 타이틀을 깊게 생각하진 않지만, 강원도에 또 다른 독립예술영화관이 생긴다면 좋은 롤모델로서 작용할 수 있게 묵묵히 자리를 지키고 싶다고 했다. 모든 게 빠르게 변화하는 시대기에 존재하는 그 자체로도 대단한 일이기에 앞으로도 계속 신영이 존재해주길 바란다. 신영의 존재로 인해 강원도에 또 다른 영화관의 씨앗이 뿌려질 수 있는 계기가 될 수 있도록.

> "타지에서 온 씨네필들이 강릉에 새로운 터전을 잡게 되면서 신영에 오고, 저희가 진행하는 모임에도 참여하면서 자신의 세계를 넓혀가는 모습들이 인상 깊었어요."

새로운 도시, 새로운 공간, 새로운 만남. 신영이 그 중심에 서서 자신만의 세계를 확장해가는 계기를 만들어주고 있다는 점이 흥미롭게 다가온다. 좋은 공간을 만난다는 건 어떤 이에게는 새로운 세계로의 접선과도 같은 일이다.

신영은 재개관 전에는 디지털 영사기인 DCP 기계가 없었다.

고가장비인 DCP 기계를 들이기 전의 상영은 영화 파일을 전송받아 컴퓨터를 이용해 틀거나, 상영용 비디오테이프로 제작한 걸 트는 걸로 이루어졌다. 그래서 그는 영사 사고가 날까 봐 항상 마음이 조마조마했다고 한다. 그러나 DCP 기계를 도입하고 난 후에는 영사 사고의 불안감이 줄었다. 불안감이 줄었다고는 하지만 영사 사고가 가끔 벌어질 때가 있다.

재개관 후에 진행한 〈런던 프라이드〉 영화 상영 때가 그랬다. 영화 상영 후에 김조광수 감독과 GV를 하기로 예정되어 있었는데 예상치 못한 영사 사고로 영화 상영이 중단되었다. 특정 시간대에 이르러 영화가 멈추는 현상이 일어났다. 몇 번이나 영화를 틀었다 끄기를 반복했는데도 계속 멈춤 현상이 일어나 결국 상영은 끝까지 이루어지지 못한 채 GV로 시간을 채워야 했다. 참석자 전원에게 환불과 함께 다음에 다시 상영을 진행하기로 하고 초대권을 주었는데, 감사하게도 다음 상영에도 김조광수 감독이 신영에 방문해서 GV를 해주었다.

그는 아직도 그날을 생각하면 아찔하다고 했다. 사전 테스트를 할 때는 아무런 이상도 없었는데, 본 상영에서 영사 사고가 이어질 줄은 생각도 못 했기에 더 당황스러웠을 것이다. 그래서 그는 악몽을 꾸면 항상 영사 사고가 나는 꿈들을 꾸곤 한다.

팬데믹의 시대에 접어든 후 영화관을 운영하는 이들의 한숨은 날이 갈수록 더 깊어져만 간다. 영화관은 여러 사람들이 이용하는 다중이용시설이라는 점에서 관리에 대한 부담감이 크다. 한 명이라도 확진자가 나오게 되면 발길이 아예 끊겨버리지는 않을까 하는 두려움

이 언제나 자리하고 있다. 열심히 방역을 해도 불안한 마음은 가시질 않는다. 시간이 흐르고, 코로나19가 종식되는 날이 온다 하더라도 이전처럼 다 함께 단체로 영화를 보는 분위기는 다시 오기 힘들 것이다. 지금도 좌석 거리 두기로 인해 따로 떨어져 관람하는 것만 가능한데, 그런 분위기에 익숙해진 사람들이 다시 옹기종기 모여서 영화를 보려고 할까. 이러한 변화에 영화관은 어떻게 대처하고, 나아가야 할지에 대한 어려운 숙제가 모두의 앞에 놓여졌다.

현재의 상황을 생각하면 머리가 아프지만, 좋았던 기억들이 있기에 힘든 시기를 최선을 다해 버텨낸다. 그는 재개관 날의 장면들이 기쁜 순간으로 오래 남아있다고 했다. 재개관 날, 오래전부터 신영을 응원해주었던 이들이 모두 극장에 왔고 그들과 다시 조우하게 되면서 마음이 따뜻해지는 걸 느꼈다고 했다.

모두가 기억에 남지만 특히 인상적이었던 관객이 있다. 리뷰단 활동을 할 정도로 열정적인 관객이 있는데, 재개관 날 〈센과 치히로의 행방불명〉에 등장하는 가오나시 분장을 하고 신영에 왔다. 등에는 신영 재개관이라는 글씨를 써 붙이고서 홍보 겸 일부러 시내버스를 타고 온 가오나시 관객은 그날 신영에 방문한 관객들에게 영화 속에서 가오나시가 선물을 나누어주듯 사탕들을 계속 나눠줬다. 신영에 대한 애정이 없다면 이렇게 할 수 있을까 싶어서 그 애정에 마음이 몽글몽글해져옴을 느꼈다. 이렇게 공간을 사랑해주는 관객이 있기에 신영은 오늘도 멈추지 않고 달려간다.

"정동진독립영화제 자원 활동을 할 때 박광수 사무국장님이 제게 하신 말씀이 지금도 기억에 남아요. "우리는 강릉에서 영화를 좋아하는 사람들의 중간 다리 역할을 하고 있는 거야." 그 말처럼 신영은 강릉이라는 지역에서 영화를 사랑하는 이들의 중간 다리 역할이자 문화적 니즈를 충족시켜주는 공간이라고 생각해요."

그의 말처럼 신영은 다리의 역할을 톡톡히 해내고 있다. 강릉에서 태어나서 계속 살아온 강릉 토박이인 그를 영화의 세계로 깊숙이 끌어들인 건 바로 신영과 '정동진독립영화제' 였으니까. 신영이 있기에, 강릉시민들은 다양한 장르의 영화를 접하고 영화와 사랑에 빠질 기회를 얻는다. 만약 신영이 다리가 되어주지 않았다면, 시민들은 이러한 다리 건너편의 세계를 알지 못한 채 살았을지도 모른다.

강릉 시민들에게 다리 건너편의 세계를 보여주고 있는 신영은 앞으로 관객 중심의 활동을 지금보다 더 많이 만들고 발전시키려고 노력 중이다. 시설적인 면에서도 방음을 더 보완하고 로비 공간도 새로운 콘셉트로 꾸며보려고 하고 있다. 로비를 어떻게 꾸밀지 고민 중이라며 새하얗게 웃는 그의 모습에 바다가 스쳤다.

"저는 인생 영화로 〈나는 다른 언어로 꿈을 꾼다〉, 〈고스트 스토리〉, 〈우리의 20세기〉, 〈김씨 표류기〉를 들고 싶어요. 〈나는 다른 언어로 꿈을 꾼다〉는 언어와 사랑이라는 원초적인 감정에 대해 다룬 게 너무 흥미로웠고, 특유의 마술적인 분위기가 매력적이었어요. 〈고스트 스토리〉는 떠나지 못하고 남아 있는 것에 대한 걸 생각하게 해서 좋았어요. 〈우리의 20세기〉는 사람에 대한 애정이 잘 묻어나 있어서 좋아하고요. 〈김씨 표류기〉는 마음이 심란할 때 찾곤 하는 영화예요. 심란할 때 이 작품을 보면 마음에 위로가 되는 느낌이 들더라고요."

영화에는 사람이 줄 수 없는 위로를 전달하는 힘이 있다. 누구에게나 위로가 되는 영화가 있다. 나에게도 우울할 때마다 시원한 아이스크림처럼 꺼내먹는 영화가 있듯이 그에게 있어서 〈김씨 표류기〉야 말로 그런 의미를 가지는 영화일 것이다.

"시대적 흐름에 따라 영화를 볼 수 있는 OTT 플랫폼이 계속 등장하지만, 오히려 OTT 플랫폼에서는 영화를 원하는 것만 집어서 보게 되기 때문에 다양하게 보기는 더 힘든 것 같아요. 영화관은 편식 없이 새로운 작품을 만날 수 있는 기회가 훨씬 넓고, GV나 관객 모임이 있어서 사람과 영화를 이어주는 매개가 되는 공간이

라고 생각해요."

넷플릭스, 왓챠, 웨이브, 티빙 등등 많은 OTT 플랫폼이 등장한 시대를 우리는 살고 있다. 영화를 손쉽게 관람할 수 있는 창구는 점점 더 늘어나지만 어째서인지 재생을 누르는 데는 큰 용기가 필요하다. 오죽하면 섬네일과 리스트를 구경하며 뭐 볼지 고민하는 맛으로 이용권을 결제한다는 말이 나오겠는가. 영화관은 그러한 고민과 용기의 시간을 줄여주고, 관객으로 하여금 새로운 모험의 세계로 인도한다.

"대중들에게 제대로 소개되지 못하고 금방 묻혀버리는 작품 없이 다양한 영화들이 관객과 더 자주 만나고, 이야깃거리를 많이 던져줄 수 있게 하는 거야말로 가장 이상적인 영화관의 모습일 거예요."

좋은 영화들이 더 많은 관객들과 만나기를 바라는 애틋한 마음이 목소리에서 느껴져서 뭉클했다. 그의 말처럼 좋은 영화들이 관객과 더 자주 만나고, 다양한 영화적 이야기들이 많이 오가면 좋겠다. 그러한 공간을 만들기 위해 신영은 오늘도 문을 활짝 열고 관객을 기다린다.

팬데믹 시대가 도래한 후, 오랫동안 여행을 가지 못했다. 여행을 좋아하는 나에게 유일하게 허락된 여행은 바로 영화관 방문뿐이었다. 진주에서 강릉으로 직통으로 가는 교통편이 없어 대전을 거쳐서 와야 했지만 강릉에 오길 잘했다는 생각이 들었다. 신영에 오니 한동안 하지 못했던 여행이 본격적으로 시작된 느낌이 들었기 때문이다. 나의 여행은 이제 시작이다. 바로, 이곳 신영에서.

〈나는보리〉

2020 | 대한민국 | 110min

〈나는보리〉는 소리를 듣지 못하는 가족 사이에서 유일하게 소리를 들을 수 있는 열한 살 보리가 가족들과 같아지고 싶은 마음에, 특별한 소원을 빌면서 벌어지는 이야기를 다룬 작품이다. 영화의 배경은 강릉이었는데, 그래서인지 신영에서 이 작품을 보고 있다는 게 행운 같다는 생각이 들었다. 강릉을 배경으로 한 영화를 강릉에서 감상한다는 건 묘한 반가움을 불러일으키니까. 더 생동감 있게 다가오기도 하고.

〈나는보리〉를 보는 내내 정말 따뜻해서 마치 동화책의 한 페이지를 넘기는 것처럼 느껴졌다. 귀엽고 사랑스럽지만 탄탄한 연기로 극을 이끌어가는 아역배우들의 호연은 이 작품을 더 매력적으로 느끼게 만드는 에너지가 있었다.

듣지 못하는 이와 듣는 이외의 한 지붕 생활은 가족이 아닌 이가 보기에는 안타깝게 느껴질 수도 있겠지만, 정작 당사자인 보리네 가족에게는 전혀 아무런 문제가 되지 않는다. 그들에게 듣지 못해서 슬픈 건 없다. 때때로 듣는 이는 듣지 못하는 이들 사이에서 이방인 같은 낯섦을 느끼기도 하지만, 그건 듣지 못하는 이도 마찬가지다. 듣는 이들 사이에서 그 또한 고독감을 느끼곤 하니까. 누군가에게 있어서 각자의 존재가 홀로 됨을 느끼는 순간이 있더라도, 가족이라는 이름의 공동체 안에서는 다르다. 보리의 아빠가 한 말처럼 소리의 유무와 상관없이 똑같은 모습으로 언제나 사랑하니까. 사랑은 너와 내가 달라도 그 모든 걸 기꺼이 극복할 수 있는 가장 큰 힘이자, 유일함이다. 그렇기에 그 힘으로 오늘도 보리네 가족은 서로를 버팀목 삼아 또 하루를 살아갈 것이라 믿는다.

10

—

목포를 밝히는 작은 빛,
시네마라운지MM

긴 시간 버스를 타고 달려 도착한 목포에서는 바다 냄새가 났다. 특히 만호동은 들이쉬는 숨마다 소금 향이 났다. 강하게 후각을 사로잡는 진한 짠 내를 맡자 바다가 정말 가까이 있다는 게 새삼 느껴졌다. 짭조름한 바다 냄새를 맡으며 나는 계단을 한 걸음 한 걸음 올라 보랏빛 입구의 시네마라운지MM으로 들어섰다.

목포에서 태어나고 자란 목포 토박이 정성우 감독은 글을 쓰는 데 관심이 많아 고등학생 때는 문예 동아리 활동을 했고, 대학도 자연스레 문예창작학과로 진학했다. 대학을 졸업한 이후에는 다큐멘터리에도 관심이 생겨 다큐멘터리 제작을 공부하게 되면서 그 이후로 쭉 영화와 인연을 맺어오고 있다.

글을 사랑하는 문학 소년이 자라, 텍스트를 넘어 영상 언어도 펼치고 있다는 게 흥미로웠다. 초롱초롱한 그의 눈동자를 마주하며 나는 글과 영상에 대한 애정을 자연스레 느낄 수 있었다.

글과 영상에 대한 애정이 넘치는 그가 운영하는 시네마라운지

MM은 목포 유일의 독립예술영화관이다. 단순히 영화를 상영하는 것을 넘어 2014년부터 '국도 1호선 독립영화제'를 함께 진행하고 있다. 보통의 독립예술영화관들은 기획전 위주로 흘러가는 데 반해 이렇게 영화관에서 영화제를 함께 진행한다는 건 흔치 않다. 특히나 독립영화를 접하기에는 척박한 지역인 목포에서 영화제를 해나가고 있다는 것은 대단한 일이다.

2014년에 다섯 편의 단편으로 시작된 '국도 1호선 독립영화제'는 처음에는 영화제를 진행할 공간도 여의치 않아서 여러 공간을 전전하며 진행되었다. 열악한 상황 속에서도 무사히 영화제를 치러냈고, 그는 영화제를 통해 공간의 필요성을 느끼게 되었다. 영화제 기간에만 독립영화를 접할 수 있는 게 아닌 상시로 독립영화를 접할 수 있

는 공간이 목포에도 있어야 한다는 생각에 2017년, 영화제를 함께 이끌어간 사람들과 시네마라운지MM을 만들기 위한 준비에 돌입했다. 공교롭게도 때마침 목포 원도심 재생 지원 사업이 진행 중이었던지라 오픈 준비에 박차를 가할 수 있는 환경이 조성되었다.

공간을 만들기까지 지난한 시간들이 없지 않았을 테지만 정성우 감독의 얼굴과 목소리에는 조금의 흔들림도 없이 단단함만 가득했다. 목표를 향해 우직하게 달리는 이들에게 볼 수 있는 단단한 눈빛이 그에게 있었다.

시네마라운지MM은 영화만 상영하는 공간이 아닌 라운지의 개념까지 가져온 공간이다. 영화를 상영한다는 가장 큰 틀을 지키되 하나의 커뮤니티가 되길 바라는 그런 공간. 그래서일까. MM은 목포 무비, 목포 목원동(시네마라운지MM의 첫 개관 동네), 무비 메이커, 기억 등의 폭넓은 의미를 품고 있다. 현재 위치한 동네도 M으로 시작하는 만호동이어서 MM의 뜻이 끊기지 않고 연결되는 게 재미있게 느껴진다. 이렇듯 MM은 열린 의미를 가지고 있으니, 방문하는 관객 모두가 각자의 MM을 만들고 품어나가는 것도 좋을 것 같다.

MM은 처음 오픈을 했던 동네 목원동을 떠나 현재의 만호동에서 2020년 4월 재개관을 했다. 목원동에서 오픈할 당시에도 척박하고 녹록지 않은 환경이었지만, 여전히 현재도 많은 영화관들이 부침을 겪고 있다. 코로나19로 인해 목원동 시절보다 되려 환경은 더 나빠졌다.

"더 늦게 재개관을 할 수도 있었지만 미루지 않고 재개관을 한 이유가 있나요?"
"'목포에서 우리는 계속 영화를 상영하고 있습니다'라는 걸 보여주고 싶었어요. 항상 저희를 도와주시는 시민 극장주들에게도 영화를 상영하고, 좋은 프로그램들을 만드는 게 보답하는 길이라는 생각에 팬데믹 상황이지만 재개관을 하게 되었죠."

영화관의 본분인 '영화 상영'에 충실함과 동시에 목포 유일의 독립예술영화관으로써의 역할을 다하기 위해서 미루지 않고 재개관을 한 MM. 대답을 들려주는 그의 목소리에서 영화와 관객에 대한 애정이 듬뿍 묻어났다.

목포는 우리나라 근현대사의 흔적이 아직도 선명히 남아있는

도시 중 하나다. 목포의 역사적인 흔적들이 MM에 미치는 영향이 있다면 무엇이 있을까 궁금했는데, 현재는 직접적으로 MM에 영향을 미치고 있지는 않다고 했다. 그렇다고 해서 아예 영향이 없을 수는 없었다. MM이 위치한 장소는 일제강점기에 쌀 수탈이 이루어지던 근거지라 볼 수 있는 미곡 창고로 쓰이던 곳이었고, 정성우 감독은 이것을 하나의 연결고리로 잡아 사람들에게 목포에 대한 역사적인 이야기들을 들려주고 싶다고 했다. 그것뿐만 아니라 민주화의 시기를 거치며 만들어진 시민조직들과의 이야기도 같이 만들어가게 된다면, MM은 근대와 현대를 잇는 타임머신 같은 공간이 될 것이다.

보랏빛 입구처럼 시네마라운지MM은 또 다른 곳에도 보라색을 사용하고 있었다. 상영관 입장 티켓이 바로 그것이다. 일반적인 티켓들은 리뷰를 쓸 수 있는 칸도 없고, 영수증 형태로 되어있어서 영수증에 프린팅된 잉크가 날아가 버리면 무슨 영화를 보았는지 전혀 알수가 없다. 그런 면에서 MM에서 만든 보라색 티켓은 극장의 고유 컬러로서 하나의 시그니처가 될 수 있고, 관객에게 있어서도 기억을 휘발시키지 않고 오래 간직할 수 있는 좋은 매개체다.

보라라는 컬러가 가지는 다양한 의미들이 MM을 통해 더욱더 다채롭게 표현되고 있어서 나는 공간에 입혀지는 색이 얼마나 중요한 것인가를 다시 한번 깨달을 수 있었다. 시간이 지나고 난 뒤에 우연히 MM의 티켓을 꺼내어 본다면, 기억의 타임캡슐을 여는 느낌이 들 것 같다.

MM에는 비하인드 영상이 올라오는 SNS 계정이 따로 있다. 다

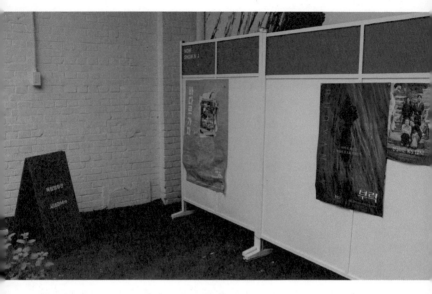

른 영화관과는 달리 비하인드 영상만을 업로드하는 계정이 있다는 사실이 신선했다. 현재 비하인드 영상이 올라오는 계정은 예전에는 정성우 감독의 색이 많이 묻어나는 계정이었다.

그래서 개인의 색을 지우고 영화관 자체의 이야기를 담기로 결정하고 영화관에서의 일상들이 어떻게 흘러가는지를 찍기 시작했다. 짧은 러닝타임으로 편집해 SNS에 업로드한 비하인드 영상을 통해 관객은 MM을 조금 더 내밀하게 알 기회를 얻는다.

정성우 감독은 감독 일과 MM의 운영을 병행하며 좋은 점으로 다른 감독들과의 교류가 늘어난 점을 꼽았다. 영화관이라는 공간을 통해 자연스럽게 인연을 확장해 나갈 수 있다는 것은 아무나 경험할 수 있는 일은 아니니까. 그러나 좋은 점만 있는 건 아니다. 동시에 여

러 가지를 병행한다는 건 어려운 일이기에 막상 본인의 작품을 만드
는 시간이 줄었다. 감독이 운영하는 영화관이지만, 정작 감독은 영화
관 운영으로 인해 자신의 영화를 만드는 작업 시간이 줄었다는 게 아
이러니다. 그럼에도 불구하고 포기하지 않고 뚝심 있게 작업을 해나
가고 있으니 신작을 만나 볼 수 있는 날도 곧 오지 않을까 싶다.

"막걸리와 두부김치를 준비해놓고 〈오장군의 발톱〉 GV를 진행했던 날이 인상
적으로 남아있어요. 그날을 계기로 인연이 되어 스텝 한 명은 MM 식구가 되기
도 했어요. 다른 스텝도 GV 행사에 관객으로 왔다가 MM 식구가 되었고요. 그런
것들을 보고 있노라면 참 흥미롭고 감회가 남다르게 느껴지죠."

감독과 관객이 함께 앉아 막걸리와 두부김치를 먹으며 이야

기를 나누는 풍경을 머릿속으로 그려보다 보니 20대 초반의 내 모습이 떠올랐다. 그 시기 나는 GV에 미쳐있었다. GV가 있는 영화 상영이면 장르를 불문하고 갈 정도로 GV를 좋아했다. 그때 한창 자주 GV를 하시던 감독님이 있었는데, 그 감독님과 관객들이 다 함께 무대에 둥글게 둘러앉아 치킨에 맥주를 마셨던 적이 있었다. 그 장면들이 왠지 막걸리와 두부김치 GV와 묘하게 겹쳐지는 기분이었다. 내 기억 속의 GV가 과거가 아닌 현재로 다시 살아나는 순간이었다.

영화관을 운영하는 사람들을 만나다 보면 공간의 특성상 비슷한 고민들을 안고 있다. MM도 마찬가지였다. 자본적인 부분에서 자유로울 수가 없기에 지속 가능성에 대한 불안감과 홍보 부분의 미미함을 안고 있다. SNS를 통한 홍보는 한계가 있게 마련이다. 더 광범위하게 홍보를 하려면 마케팅 비용을 크게 지출해야 하는데, 운영하는 것자체도 버거운 영화관에 있어 그런 홍보 마케팅은 꿈과 같은 이야기다. 그래서 작은 영화관에게 있어 이 고민들은 떼려야 뗄 수 없는 영원한 난제다.

"이 공간을 아껴주는 분들의 마음을 생각하면 정말 고맙게 느껴져요. 잠시나마 그들에게 위안이 될 수 있는 공간이 되었다는 게 참 감사하죠. 목포라는 도시에서 공간이 무사히 지속할 수 있게 여러모로 도움을 주시는 분들을 보면 언제나 고마운 마음뿐이에요."

MM의 이름이 적힌 팻말을 선물로 만들어서 주고, 멋진 공간이라고 가족과 주변 지인에게 소개하는 모습들. 지역민만의 극장이아닌, 타지에서도 많은 이들이 MM에 애정을 표시하는 이유를 나는

알 것 같았다. 나 또한 MM에 와서 영화를 보며, 이곳의 매력에 기분 좋게 흠뻑 빠져들었기 때문이다.

"좌석 배치가 일반 영화관과는 달리 특이한데요. 이렇게 좌석을 배치한 이유가 있나요?"
"좌석들이 가득 들어찬 것보다 오시는 몇 분의 관객이라도 휴식 같은 시간을 보내길 바라는 마음이 컸어요. 어린이 연극도 극장에서 하면 좋겠다는 생각에 일부러 단도 낮게 설치했어요. 소극장과 영화관의 느낌을 함께 가져가려고 지금의 좌석 배치가 이루어졌어요."

고정적으로 좌석이 박혀있는 기존의 영화관과 달리 비고정적인 좌석을 배치하고 있는 점 때문인지 영화를 보며 마치 캠핑을 온 듯한 느낌을 받았다. 기존의 고정적인 좌석에서는 약간은 경직된 모습으로 영화를 보곤 했는데, MM의 좌석은 자유로움이 가득해서 긴장은 풀고 휴식하는 기분으로 관람이 가능했다. 이러한 비고정적인 좌석 배치는 그가 추구하는 쉼에도 딱 맞아떨어지는 느낌이다.

"우리가 관객을 모객 하는 것만이 아닌, 관객이 또 다른 관객을 만드는 그런 형태로 만들어가고 싶어요. 현재는 2층에만 상영관이 있지만, 나중에는 1층 공간을 활용해서 상영관을 하나 더 만들어서, 몸이 불편하신 분들이 더 편하게 영화를 보러 볼 수 있게도 하고 싶어요."

1층 공간이 꾸며진다면 영화들의 상영 횟수와 상영작도 늘어난다는 점에서 벌써 기대가 된다. 2020년 국도 1호선 영화제의 슬로건인 '해야 할 일'처럼 MM은 '해야 할 일'을 천천히 퍼즐의 조각을 하나씩 맞추듯이 결국 해낼 것이다.

그렇게 하고 싶은 일도, 해야 할 일도 많은 정성우 감독을 영화의 길로 이끈 작품들을 물었다. 그는 비토리오 데 시카의 〈자전거 도둑〉과 전고운 감독의 〈소공녀〉를 인생 영화로 꼽았다.

〈자전거 도둑〉은 그의 기억 속에 오래 남아있는 작품이고, 네오리얼리즘의 정신들이 지역에서 만들어지는 로컬영화와 맞닿아 있다는 점이 좋다고 했다. 〈소공녀〉는 그에게 있어 '나도 저렇게 영화를 만들고 싶다.'라는 생각을 안겨준 작품이었다. 한 작품만 딱 집어서 말하기 힘들 정도로 박석영 감독의 작품들도 좋아한다고 했다. 인물들을 표현하는 방식이 뛰어나서 매력적이라고 말하는 그의 목소리에서 애정과 팬심이 잔뜩 묻어났다.

"저에게 있어서 영화관은 집이에요. 하루 중에 가장 많은 시간을 보내며 생활을 하는 공간이기도 하고, 이곳에서 많은 사람도 만나죠. 자신의 집처럼 주인이 될 수 있는 공간이 바로 영화관이라 생각해요."

우리는 집에서 많은 것들을 한다. 집은 휴식의 의미가 큰 공간이지만, 단순한 휴식으로만 그치지는 않는다. 재택근무로 집에서 일을 하기도 하고 때때로 사람들을 초대해 커뮤니케이션 장소로도 쓰인다는 점만 봐도 그렇다.

"언제 프랑스 소도시에 있는 영화관에 간 적이 있어요. 외부 지원 없이 협동조합 형태로 운영을 하는데 수익구조가 괜찮은 편이어서 놀라웠죠. 건물이 영화관 소

유인데, 영화 상영관을 비롯해 카페와 책방도 있는 복합 문화공간 형태였어요. 영화를 중심으로 시민들이 자체적인 문화를 만들어가는 모습들이 이상적으로 느껴졌어요."

매일 MM의 문을 열면서 오늘은 어디서 어떤 관객들이 올지, 그 관객들과 어떠한 이야기를 나눌 수 있을지를 기대했던 그는 코로나19로 인해 이제는 관객이 오기는 올지, 한 명도 오지 않는 건 아닐까 하는 불안감으로 문을 연다.

이처럼 어려운 상황 속에서도 포기하지 않고 어떻게 헤쳐나가는 게 좋을지 매일 고민 하는 그의 모습에서 힘들지만, 계속해나가려는 의지가 있기에 지금의 이 칠흑 같은 어둠의 시기도 무사히 잘 버텨낼 거라는 생각이 들었다.

문득 대학 동기와 노을공원에서 본 노을이 머릿속을 스쳤다. 흐린 날에는 구름에 가리어져 존재감을 드러내지 못하지만, 맑고 쾌청한 날에는 아름다운 빛깔로 하늘 전체를 물들이는 노을처럼 시네마 라운지MM도 목포에서 노을 같은 공간으로 남아주기를. 다음에 목포에 오게 되면, 대학 동기도 MM도 고단함을 품은 모습이 아닌 행복하게 활짝 웃는 모습으로 마주 할 수 있으면 좋겠다. 만호동을 빠져나와 걷는 길, 머리칼 위로 천천히 떨어지는 햇살이 그 어느 때보다 눈부셨다.

〈파도를 걷는 소년〉

2020 | 대한민국 | 97min

〈파도를 걷는 소년〉은 제주에서 외국인 불법 취업 브로커 일을 하는 이주노동자 2세 김수가 폭력 전과로 출소 후에 사회봉사로 해안 청소를 하면서 서퍼들의 모습을 보게 되고, 서핑에 빠지는 모습을 그린 작품이다.

아름답게 펼쳐진 제주 바다와 파도를 바라보는 공허한 김수의 눈빛이 상당히 인상적이었다. 다들 취미로 서핑을 하지만, 가난한 김수에게는 취미생활을 할 돈이 없다. 쓰레기장에 버려진 보드를 주워, 부서진 부분에 스티로폼을 청테이프로 꽁꽁 이어 붙여 파도를 맞으러 나가는 김수를 보며 마음이 아렸다. 소년에게 있어 서핑은 대체 무슨 의미일까. 어쩌면 서핑은 그에게 있어서 융화될 수 있는 하나의 도구는 아닐까. 파도를 타기 전에는 섬처럼 고독한 생활을 하지만, 파도를 타게 됨으로써 소년은 자신과는 동떨어진 듯 보였던 이들과 조금씩 섞이기 시작하니까.

이 작품을 보며 내가 사랑하는 아름다운 섬에서 누군가는 힘들게 하루하루를 버티며 살아간다는 사실을 마주하자 마음 한편이 묵직해졌다. 나 또한 그 섬에서 힘들었던 시기가 있었기에, 김수를 보며 묘한 동질감을 느꼈다. 김수에게도, 그리고 나에게도 바다는 유일한 탈출구이자 고단한 삶을 버티게 해주는 힘이다. 비록 나는 파도를 걷지도 못했지만, 김수만큼은 걸을 수 있길 바란다. 파도를 타고 더 멀리, 더 높이 이 소년이 세상을 향해 자신의 존재를 소리쳤으면 좋겠다.

그해 여름, 삶을 바꾼 파도와 만나다.

파도를 걷는 소년

The Boy
From Nowhere

2020.05.14

제20회 전주국제영화제 한국경쟁부문 배우상 | 심사위원특별언급

각인규 김연욱 민동후 김예솔 강길우 각본/감독 최창환 제작 김기일 프로듀서 정주은 제작사 ㈜김치블럭숏츠 배급사 미식필름 |15세 이상 관람가|

11

—

단편 영화의 성지,
자체휴강 시네마

서울 지하철 2호선 낙성대역에서 내려 빌라와 아파트가 즐비한 골목을 걷다 보면 '자체휴강 시네마'라고 적힌 아담한 간판이 시선을 붙잡는다. 해리포터가 비밀의 방으로 들어서듯이 호기심을 안고 조심조심 자체휴강 시네마가 위치한 지하 공간으로 걸음을 내디뎠다.

자체휴강 시네마는 박래경 대표가 운영하는 독립단편영화관이다. 2017년 2월 신림 고시촌에서 처음 문을 연 자체휴강 시네마는 2020년 2월 현재의 위치인 낙성대로 와서도 많은 단편영화들을 상영하며 관객들을 만나고 있다.

자체휴강 시네마라는 이름은 대학가와 가까운 곳에서 시작되어 붙은 이름이다. 휴강, 공강과 달리 자체적으로 쉰다는 의미에서 자체휴강 시네마라는 이름을 붙였다고 한다. 이름이 독특해서 얽힌 에피소드도 많을 법한데, 의외로 에피소드는 없었다. 되려 특이한 이름으로 인해 사람들이 기억하기가 쉽고, 호기심을 가지고 공간을 찾아오는 이들도 꽤 있다고 그는 말했다.

"원래부터 단편, 장편 가리지 않고 영화 자체를 좋아했어요. 영화를 좋아하다 보니 많은 작품을 봤다고 생각했는데, 보지 못했던 좋은 단편들이 정말 많은 거에요. 영화제 외에는 단편들을 접하기 힘들기 때문에 전용 상영관이 있으면 좋겠다는 생각을 했고 그게 이어져서 상영관을 직접 만들고, 단편들을 상영하게 되었죠."

자체휴강 시네마는 전국에서 유일하게 단편 위주로 상영을 진행하는 영화관이다. 장편을 상영하는 곳은 많지만, 단편은 그의 말처럼 접하기가 힘들다. 영화제나 기획전 같은 때에 맞춰서 보지 않으면 좀체 관람하기가 어려운지라 이렇게 단편을 상영해주는 공간이 있다는 사실이 소중하게 느껴진다.

　　현재 위치한 낙성대로 오기 전의 자체휴강 시네마는 공간적인 컨디션 부분에서도 장편 상영이 어려워 단편만을 상영했다. 낙성대로 오면서 공간적 컨디션이 나아져 주말마다 장편도 상영하게 되었다. 단편은 새로운 영화를 발굴하는 느낌으로 상영한다면, 반대로 장편은 많은 이들의 관심을 불러일으켰던 작품들을 상영하고 있다. 그는 상영한 지 오래된 작품이라도 괜찮은 작품이 있다면 언제든지 상영할 계획이 있다고 말했다.

　　자체휴강 시네마는 수많은 단편영화들 속에서 다양한 장르의 작품과 영화의 완성도를 중요시하며, 연출 방향이 독특한 작품과 영화제 수상실적을 참고하여 상영을 준비한다. 짧은 러닝타임 동안 관객에게 다양한 생각의 씨앗을 던져주는 단편영화. 단편은 소재에 있어서 훨씬 자유롭고, 현실적인 부분이 많이 담겨서 일상적으로 가깝게 느껴지는 부분들이 있다. 가깝지만 지극히 현실적이기에 불편하기도 한 부분은 단편이 가지는 장점이자 하나의 힘이다.

상영 시간표가 고정된 금, 토, 일을 제외한 월, 화, 수, 목은 단편의 자유 상영이 이루어진다. 상영작 중 원하는 단편을 즉석에서 자유롭게 선택해 관람 할 수 있다. 상영 시간표에 맞추어 영화를 상영하는 시스템이 가장 편리하지만, 그는 관객들이 원하는 영화를 부담 없이 골라볼 수 있는 지금의 시스템이 좋다고 했다. 단편을 관람하러 온 관객에게 큐레이터처럼 작품들을 설명하고 선택을 기다리는 모습을 보고 있자니 이 시스템은 영화에 대한 애정이 넘치기에 할 수 있는 것이라는 생각이 들었다. 일일이 작품을 설명해주고 셀렉을 도와주는 시스템은 영화를 사랑하지 않는다면 지속하기 힘들 정도로 번거로운 일이기 때문이다.

자체휴강 시네마의 홈페이지에서도 그런 부분들을 엿볼 수 있다. 홈페이지에는 영화 시나리오가 올라오는 카테고리가 있는데 국내를 비롯해 해외 영화의 시나리오가 차곡차곡 업로드되고 있다. 그는 시나리오에 관심이 많고, 공부하는 사람들을 위해 앞으로도 꾸준히 업로드 할 예정이라고 했다. 공간에서는 영화를 나누고, 홈페이지에서는 귀중한 시나리오를 나누고 읽을 기회를 제공하는 모습이 따뜻했다.

그뿐만 아니라 매주 '런닝타임'이라는 이름의 영화모임도 공간에서 진행하고 있다. 영화를 좋아하는 이들과 모여 영화를 보고 이

야기를 나누는 '런닝타임'은 모임 일에 무조건 참석하지 않아도 되는 자유참석제다. 대신 한 달 정도 아예 얼굴을 비추지 않으면 모임을 지속하고자 하는 의지가 없다고 판단해 자동으로 제외된다.

보통의 모임은 모임 일에 모임 원이 나와야 한다는 암묵적인 룰이 있다. 자체휴강 시네마는 달랐다. 자유롭게 참석할 수 있도록 만든 점이야말로 오히려 이 모임을 더 오래 지속할 수 있는 힘이라는 생

#1
조심스레
계단을
내려오는
주인공

각이 들었다. 이처럼 자유로운 분위기에서 진행되지만, 영화와 상대를 존중하는 자세는 잃지 말아야 모임에 참여할 수 있다. 아무리 자유롭다고 하더라도 선을 지켜야 서로가 불편하지 않기 때문이다.

자체휴강 시네마는 한 번 상영했던 영화는 다시 상영하지 않고 있다. 재상영을 하지 않으려고 의도한 건 아니지만, 계속 새로운 영화가 만들어지고 있는 상황에서 한 편이라도 사람들에게 더 많이 소개하고 싶은 마음이 커서 되도록 재상영은 지양하고 있다. 언제가 될지는 모르지만 재상영 요청이 많이 들어온 작품은 특별 상영 식으로 짧게 다시 상영할 계획을 세우고 있다고 하니 시간이 맞지 않아 놓친 작품이 있다면 특별 상영 때 와서 봐도 좋을 것 같다.

그는 자체휴강 시네마를 운영하며 가장 힘들었던 점으로 영화 수급 비용을 꼽았다. 장편만을 상영하는 곳들도 자본의 논리에서 결코 자유로울 수 없는데 오죽할까. 그러나 관객들이 영화 재밌게 보고 간다고 말할 때나, 단골손님들의 꾸준한 방문, 기획전의 형식으로 진행하는 상영회가 매진될 때의 기쁨이 너무 커서 계속 공간을 이어나갈 힘을 얻곤 한다.

"서울에서 독립단편영화관을 운영한다는 것에 따로 의미를 두고 있진 않아요. 의미로 인해서, 사명감이 생긴다면 길게 운영해나가는 데 있어서 심적인 부담감이 커질 테니까요. 저는 그냥 영화를 만드신 분들과 관객들을 이어주는 징검다리라고 생각해요."

서울에는 다른 도시에 비해 꽤 많은 독립예술영화관이 자리하고 있는 편이다. 그럼에도 불구하고 독립단편영화관은 드물다. 관객이 직접 공간에 와서 영화를 보고 의미를 찾아가는 영화관, 자체휴강 시네마. 오늘 나는 이곳에서 어떤 의미들을 찾아갈 수 있을지 궁금해진다.

그는 〈인생은 아름다워〉, 〈쇼생크 탈출〉, 〈시네마 천국〉을 인생 영화로 꼽았다. 〈인생은 아름다워〉는 슬플 때 웃을 수 있다는 게 무엇인가에 대한 생각을 던져준다는 점에서 인상적이었고, 〈쇼생크 탈출〉은 모든 장면이 톱니바퀴가 맞물리듯 잘 엮여 들어간다는 점에서 매력적이고, 〈시네마 천국〉은 보면서 영화를 만들고 싶다는 열망과 영화의 본질적인 의미에 대한 걸 떠올리게 해서 좋아한다고 했다.

"앞으로의 영화관은 영화 외적인 부분들의 느낌을 가져가고 싶은 사람들의 방문 위주로 바뀌게 될 거라 봐요. 영화관은 점차적으로 코어 한 마니아들의 공간이 되겠죠. 그렇게 변한다고 하더라도 영화관에서만 느낄 수 있는 특유의 맛은 그 어디에서도 찾을 수 없다고 생각해요. 제가 생각하는 이상적인 영화관은 기술적인 부분에서 모자람이 없는 곳이에요. 그런데 이상적인 영화관이란 게 과연 만들어질 수 있을까? 하는 의문은 드네요. 아무리 규모가 크고 좋다 하더라도, 각 개인이 갖고 있는 마음속의 영화관은 전부 다 다르니까요."

예전에는 영화를 볼 수 있는 공간이라고 해봤자 영화관이 유일했지만, 시대가 변화하면서 굳이 영화관에 가지 않아도 영화를 접할 수 있는 다양한 창구들이 생겨났다. 그래서 미래에 마니아만의 공간으로 영화관이 존재하게 된다 하더라도 영화관에서의 체험만큼은 대신 할 수 없을 거라 생각한다. 그가 말한 특유의 맛처럼 말이다.

누군가에게는 이상적인 공간이 또 다른 누군가에게는 전혀 이상적이지 않을지도 모르는 일이다. 각자가 느끼는 이상적인 영화관의 모습은 다 다르기 때문에 누군가는 자체휴강 시네마를 가장 이상적인 영화관이라고 여기는 이도 있을 것이다. 그렇기에 앞으로도 이 작고 소중한 공간이 잔잔하게 낙성대에서 오래 자리를 지키며 단편들을 더 많이 상영해주기를 바라본다.

　　내려왔던 계단을 다시 올라 지상으로 향하자 어두워진 길을 가로등이 밝히고 있었다. 가로등이 빛나는 모습이 홍콩의 가스등 계단을 연상케 해서 낙성대에 있지만 마치 홍콩에 온 것 같은 묘한 기시감이 드는 밤이었다.

〈이태원〉

2016 | 대한민국 | 94min

〈이태원〉은 1970년대부터 지금까지 이태원에서 살아온 세 여성 삼숙, 나키, 영화의 이야기를 그린 다큐멘터리다. 그들이 맨 처음 자리를 잡았던 그 시절의 이태원과 지금의 이태원은 다른듯하면서도 닮았다. 여러 문화가 여전히 이태원을 중심으로 어우러지고 있으니까. 미군 달러가 지배하던 도시에서, 지금은 대한민국에서 가장 힙한 도시 중 하나가 된 이태원. 이태원에서 그랜드 올 아프리라는 이름의 컨트리클럽을 40년째 이어오고 있는 삼숙은 말한다. "외국인들은 오래된 역사적인 걸 좋아해. 새로운 게 아니라. 그런데 한국 사람들은 다 밀어버리고 새로 만들려고만 하잖아." 삼숙의 말처럼 도시를 새롭게 탈바꿈시키려는 시도는 계속 있었고, 그 과정에서 도시 안에 깃든 개인의 역사도 마치 처음부터 없었던 일인 양 지워졌다. 나키와 영화처럼 성 산업에 종사했던 여성들의 목소리는 더더욱. 왜 도시는 개인의 목소리를 지우려 하는가. 단순히 그들이 종사했던 직업군 때문만은 아닐 것이다. 자본의 논리에 의해 가진 자들의 목소리가 점점 더 커지기 때문에, 가진 게 없는 그들은 목소리를 낼 수 없는 상황이 되었을 것이고 마치 '없는 존재'처럼 취급되었을 것이다. 엄연히 바로 이곳, 이태원에 존재하며 살아가는데도 불구하고.

〈이태원〉은 그러한 이들의 목소리를 처연하지 않게 잘 담아냈다. 그들은 모두 자신이 선택한 길을 부끄러워하지 않고, 책임지며 각자만의 방식으로 삶을 꾸려간다. 나키가 묵묵히 주방에서 설거지를 하고, 청소하는 모습을 보며 골목골목에 얼마나 많은 나키들의 발자국이 있을까 생각했다. 비단 이태원만은 아니리라. 지워진 존재로 살아가는 여성들의 목소리는 많은 골목에 스며있을 것이고, 그러한 목소리가 있음을 우리는 잊지 말아야 한다. 그들의 목소리를 기억함으로써, 우리의 목소리가 사라지지 않도록.

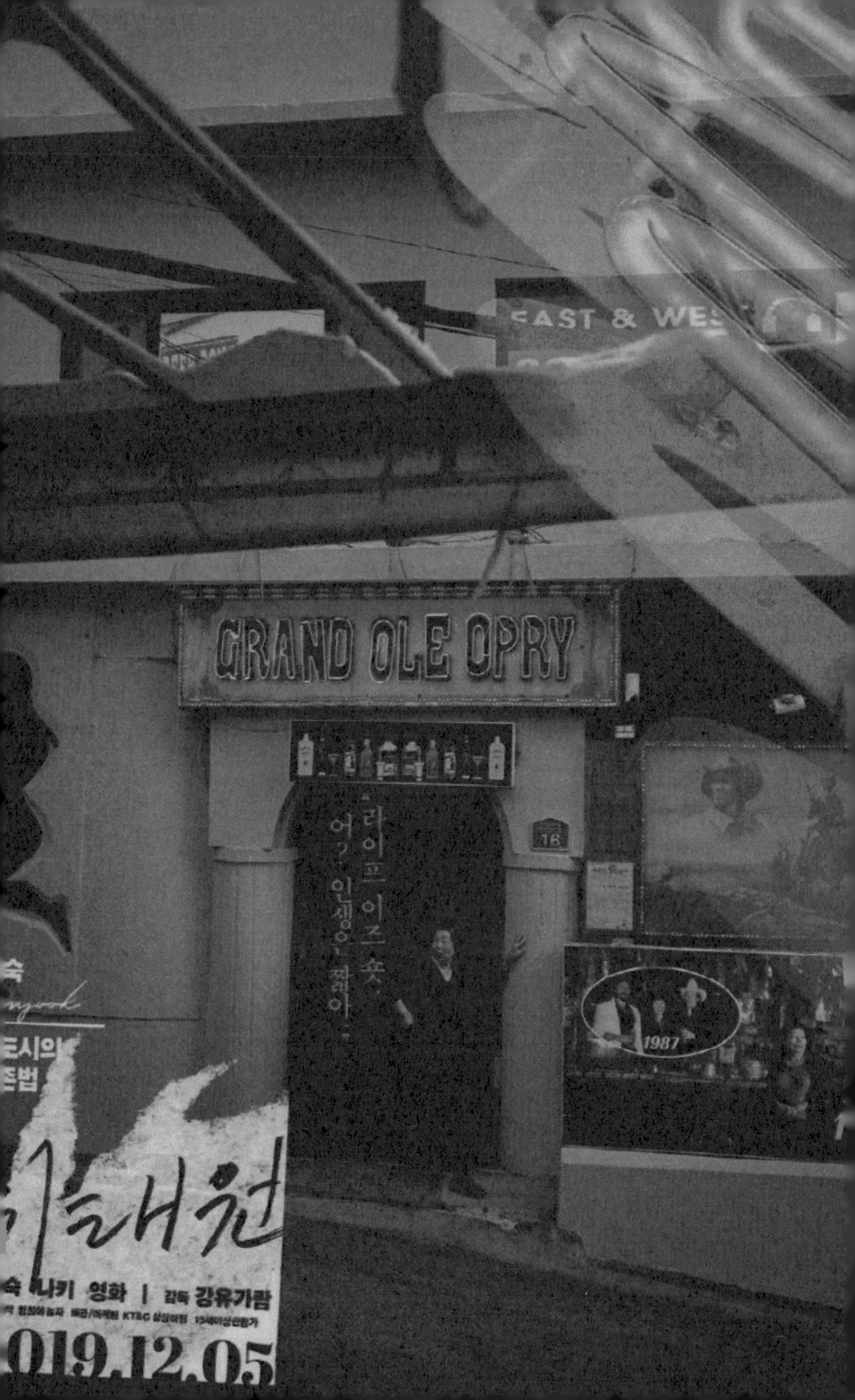
GRAND OLE OPRY
"라이프 이즈 숏.
어? 인생은 짧아."
16
1987
감독 강유가람

12

—

포항 시민들의 문화 허브,
인디플러스 포항

아침까지 내렸던 비가 무색하게 햇빛이 강한 오후, 포항의 철길 숲을 친구와 걸었다. 햇볕이 정면으로 내리쬐는 날씨 탓인지 철길 숲을 걷는 사람은 드물었다. 서로가 보았던 영화에 대한 감상을 나누며, 맛있게 이야기를 나눌 수 있다는 건 참 귀한 일이라는 걸 새삼 느끼며 우리는 햇빛을 뚫고 묵묵히 앞으로 걷고 또 걸었다.

2017년 영화진흥위원회의 지원을 받으며 포항 시립 중앙아트홀에 독립예술영화전용관인 인디플러스 포항이 개관했다. 인디플러스 포항은 시에서 포항문화재단에 위탁해 운영하고 있기 때문에 시민들이 저렴한 가격으로 공간을 이용할 수 있게 낮은 관람료를 책정했고, 그게 지금까지 이어지고 있다. 처음 시범 운영을 할 당시에는 5,000원의 관람료였으나 2017년 개관 기념식과 함께 3,500원으로 인하된 가격으로 관람료를 확정했고 그 가격은 지금도 변함이 없어서 놀라웠다. 멀티플렉스에서 영화 한 편을 볼 수 있는 가격으로 이곳에서는 세 편을 볼 수 있기 때문이다.

　서글서글하고 밝은 분위기의 이소라 프로그래머와 김자영 대리는 실제로 처음 얼굴을 마주했지만, 꼭 자주 얼굴을 마주한 것처럼 낯설지가 않은 느낌이었다. 그래서 나는 그들이 들려줄 이야기가 더 기대되었다.

　인디플러스 포항은 포항문화재단에서 실질적인 운영을 맡고 있는 만큼, 협업에 대한 장점들이 많다. 포항문화재단의 축제팀, 문화도시팀과 함께 '영상미 영화제', '치유 영화제' 등을 협업해 진행하기도 했다. 영화라는 매체는 시민들이 가장 친숙하게 느낄 수 있기에 다른 부서들과 협업이 활발히 이루어지고 있다고 했다. 이렇듯 협업을 통해 행사들을 만들어가며 시너지 효과를 만들어낼 수 있다는 건 엄청난 메리트다.

코로나19로 인해 전국의 많은 영화관의 휴관이 있었고, 인디플러스 포항 또한 다르지 않았다. 긴 휴관 기간을 거쳐 재개관한 인디플러스 포항은 방역은 물론이고 라운지에 소규모 암막 커튼과 빔프로젝터의 설치를 비롯한 시설물들의 관리에도 많은 신경을 쏟았다.

휴관 기간 포항 시민들의 영화에 대한 갈증은 깊고 또 깊었다. 포항의 유일한 독립예술영화관이다 보니 상영을 기다린 관객들이 많았다. 언제 재개관을 하는지 궁금해 전화 문의도 하고, 직접 공간으로 찾아오는 발걸음도 있었다고 했다. 누군가가 기다려준다는 것만큼 큰 힘이 되는 게 있을까. 관객들의 기다림을 동력 삼아 인디플러스 포항은 휴관이라는 지난한 시간을 버텨왔다.

"근처에 멀티플렉스가 있음에도 이곳을 찾아주는 분들을 보면 존재 이유와 가치를 느끼게 돼요. 언제까지 공간을 운영할 수 있을지는 모르지만, 재단에서 힘닿는 데까지 해나가면서 다양한 영화를 사람들이 접할 수 있도록 노력할 계획이에요." (자영)

"포항이라는 도시에서 독립영화를 볼 수 있다는 그 자체만으로도 이 공간이 큰 의미가 된다는 생각이 들어요. 포항 시민들을 비롯해 경주나 울산, 대구 같은 곳에서 일부러 시간을 내서 오시는 관객분들을 보면 공간의 소중함과 특별함을 느끼게 되죠." (소라)

포항을 비롯해 주변 지역에서도 찾아오는 관객들을 생각하니 영화관이란 얼마나 소중하고 아름다운 공간인가 싶어서 뭉클해졌다. 그에 부응하듯 인디플러스 포항은 다채로운 기획전들로 관객과 만나고 있다.

하루 한 가족만 초대해 상영을 진행하는 프라이빗 영화관 '시네마 테라피', 육아에 지친 엄마들을 위한 프로그램 '#내맘(mom)대로영화관', 극장이 위치한 건물인 중앙아트홀을 활용한 실내 프리마켓 행사, 매월 마지막 주 금요일에 관객 투표를 통해 상영작이 결정되는 '텅 빈 날 프로젝트', 1층 전시실에서 2018년도 말부터 계절마다 각기 다른 테마와 컨셉을 정해 진행 중인 '빈백 영화제' 등등. 영화관만 개별적으로 있는 건물이 아닌 복합 문화공간의 형태를 띠는 공간이기 때문에 탄력적으로 여러 행사들을 다른 공간과 연계해 진행해나갈 수 있는 부분들이 있다는 게 매력적이다.

인디플러스 포항의 상영작은 어렵고 심오한 영화가 아닌 편하

게 접근 할 수 있는 작품들로 선정된다. 아무리 좋은 작품이어도, 첫 독립영화 관람 작이 이해도 잘 되지 않고 난해한 작품이라면 영화에 대한 흥미가 떨어지기 마련이다. 그런 면에서 대중성을 고려한 영리한 영화 선정이 아닐 수 없다.

"할머니 관객이 기억에 남아요. 원래도 자주 오시는 분인데, 올 때마다 직원들에게 주려고 간식 같은 걸 사 오세요. 제가 인디플러스에서 일하기 전에는 독립영

화관은 젊은 관객들만 올 것 같다는 생각이 있었어요. 그 할머니 관객을 보고 기존에 가졌던 선입견이 깨졌죠." (자영)

"포항 안에서도 꽤 먼 외곽지역에서 오토바이를 타고 오시는 관객이 계시는데요. 그분이 오실 때마다 항상 영화를 내리 세 편을 보고 돌아가세요. 그렇게 영화를 좋아해 주시는 관객분들이 참 기억에 많이 남아요." (소라)

영화를 좋아하는 이들에게 인디플러스 포항은 하나의 문화적 허브 같은 공간이다. 이미 지역의 사랑방 같은 역할을 하고 있기에 할머니 관객도, 오토바이를 타고 멀리서 오는 관객도 있는 게 아닐까 싶다.

　　이소라 프로그래머는 강렬했던 GV의 기억으로 영화 〈벌새〉의 GV를 꼽았다. 〈벌새〉의 GV를 진행했던 시기에 하필이면 태풍이 와서 도시 전체가 비바람에 휩싸였다. 거리에 차도 거의 다니지 않을 정도로 나쁜 날씨 탓에 관객들이 행사가 진행 가능한지 많은 문의를 해왔고, 인디플러스 측에서도 이동이 위험할 것 같으면 취소를 해도 된다고 이야기했는데 악천후의 날씨에도 관객과의 약속을 지키기 위해 김보라 감독은 포항에 왔다. 그의 방문에 화답하듯 좋지 않은 날씨에도 불구하고 70명가량의 많은 관객이 극장으로 모였다. 〈벌새〉의 GV는 행사를 마치고 나서도 끝날 때까지 끝난 게 아니었다. 일일이 관객들 한 명 한 명에게 정성껏 사인과 사진을 찍어주던 김보라 감독과 행사가 끝나고도 계속 극장에 남아있던 열정적인 관객, 벌새단. 궂은 날씨는 그들에게 아무것도 아니었다. 따뜻한 시선으로 고마움을 표하는 서로가 같은 공간에 존재하고 있었기 때문이다.

　　최대한 다양한 영화를 상영하려고 하지만 개봉되는 모든 영화를 상영할 수는 없는 게 독립예술영화관의 최대 난제다. 그러한 상황을 더 힘들게 하는 건 종교나 정치적인 색이 강하게 담긴 영화를 상영해달라고 떼를 쓰듯 무리하게 요청하는 이들이다. 다양한 영화를 상영해야 하는 건 맞지만 특정 색에 치우친 작품을 상영한다는 건 영화관 입장에서는 리스크가 크다. 특정 색을 불편해하는 관객이 있기 때문이다. 그때마다 많은 생각과 고단함이 물밀 듯이 밀려오지만, 영화를 사랑하는 애정으로 그들은 그 순간들을 버텨내고 있었다.

"살아오면서 보았던 영화 중에 이와이 슌지 감독의 〈피크닉〉과 〈스왈로우테일 버터플라이〉가 기억에 남아요. 이 두 작품을 보면서 나름의 충격을 받았어요. 이 작품들이 주는 특유의 분위기도 인상적이었고요. 보고 너무 좋아서 영화에 대해 이리저리 찾아봤던 기억들이 나네요." (소라)
"에드워드 양 감독의 〈하나 그리고 둘〉이라는 작품을 좋아해요. 영화로 다른 사람의 삶을 체험할 수 있다는 게 인상적이었어요. 그리고 그 작품을 보았던 시기에 제가 가지고 있던 고민과 영화가 맞닿아 있다는 점도 좋았어요." (자영)

반짝반짝 빛나는 눈으로 영화에 대한 이야기를 하는 모습을 보며, 나는 얼마나 두 사람이 영화를 사랑하는지를 느꼈다. 이소라 프로그래머는 영화관을 가리켜 "가장 쉽고 확실하게 문화 활동을 할 수 있는 공간."이라고 말했다. 김자영 대리는 "인생의 많은 부분을 영화로 배울 수 있고, 다양한 감정들을 체험할 수 있는 곳."이라고 영화관의 의미에 대해 말했는데 그들의 목소리에 애정이 한가득 담겨있어서 듣고 있는 내 마음이 훈훈해졌다.

"가끔 멀티플렉스와 독립예술영화관의 입지가 바뀌는 걸 상상해보곤 해요. 줄을 서서 영화를 보려고 기다리는 모습들도요. 그런 모습이야말로 이상적인 모습이라 생각해요." (자영)
"더 많은 관객들이 공간을 사랑하고 아껴준다면 그게 바로 이상적이 아닐까 싶어요." (소라)

관객들이 공간을 사랑하고 아껴주며, 매 회차 매진 행렬이 이

어지는 모습들을 상상해보니 금세 행복해졌다. 단지 이상으로만 남는 게 아닌 현실이 될 수 있게, 더 많은 관객들의 힘이 필요하다. 관객들의 힘이라면 이상이 현실이 되는 것도 어려운 것만은 아니니까.

이야기를 마치고 건물 밖으로 나오자 비가 한 방울씩 내리기 시작했다. 토독 토독 간헐적으로 떨어지는 빗방울이 왠지 나쁘지 않다는 생각이 드는 날이었다.

〈야구소녀〉

2019 | 대한민국 | 105min

〈야구소녀〉는 고교 야구팀의 유일한 여자이자 최고 구속 134km, 볼 회전력의 강점으로 '천재 야구소녀'라는 별명을 얻으며 주목받았던 야구선수 주수인에 대한 이야기이다. 남자 야구선수가 주류인 세상에서, 비주류인 주수인은 묵묵히 계속 볼을 던진다. 모두가 안 된다고 말하는데도, 절대 포기하지 않고. 영화를 보면서 가장 기억에 남는 대사가 있었다. "난 해보지도 않고, 포기 안 해요."라는 말이었다. 그 대사를 들으며 눈물이 미친 듯이 주룩주룩 흘러내렸다. 주수인의 상황과 지금의 내 상황이 너무도 닮아있는 느낌이었으니까. 주수인과 나는 서로 다른 장르의 삶을 살지만, 같은 상황에 처해있다. 결코 쉽지 않음에도 불구하고 절대 포기하지 않고, 목표를 향해 나아가는 주수인의 모습을 보며 마음에 큰 위로를 받았다. 나 또한 주수인처럼 해보지도 않고, 포기하기 싫어서 이를 악물고 세상을 향해 글이라는 공을 던진다. 나도, 주수인도 그저 좋아하는 일을 하고 싶을 뿐인데 세상은 너무도 냉혹하다. 시작도 안 했는데, 지레짐작만으로도 안 된다고 말해버리니까. 그래서일까. 나는 주수인의 행보가 너무 애틋하고, 자랑스러웠다. 많은 사람들이 꿈을 포기하는 팍팍한 시대에 꿈을 향해 달려간다는 건 자칫 잘못하면 무모하게 보일 수도 있지만, 그런 이들이 있어서 또 다른 누군가도 힘을 내어 공을 던질 수 있는 것이다. 자신을 롤 모델로 삼고 야구부에 입회 원서를 낸 소녀를 보며 주수인도 그렇게 생각하지 않았을까. 계속 부딪히고 깨져도, 절대 포기하지 않고 달리는 청춘에게 바치는 꿈의 송가 〈야구소녀〉. 세상에 무수히 많이 존재할 주수인들에게 우리 함께 포기하지 말고 끝까지 달리자고 말하고 싶다. 우리가 던지는 이 공들이 당장은 세상을 변화시킬 수 없어도, 쌓이고 쌓여서 변화의 밑거름이 될 테니. 그러한 믿음을 담은 아름다운 희망의 박수를 그들에게 전한다.

야구소녀

보지도 않고
기 안 해요.

이주영 이준혁

2020.06

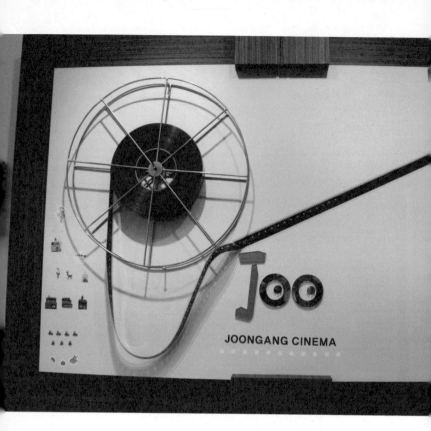

13

—

여유와 사색의 쉼터,
안동 중앙시네마

2000년 안동에 중앙시네마가 오픈했다. 처음의 중앙시네마는 상업 영화를 상영하는 일반 상영관이었으나, 2009년 지금의 형태인 독립예술영화관으로 전환하게 된다. 중앙시네마를 이끄는 한철희 대표님은 2013년부터 중앙시네마를 인수해 운영하고 있다.

원래부터 영화관에 대한 애정이 있었던 그는, 중앙시네마가 독립예술영화관이라는 취지에 맞게 기능 되고 있지 않다고 생각했고 제대로 된 기능을 할 수 있는 공간으로 만들기 위해 인수를 하기로 마음먹었다. 의욕에 불타올라 인수했지만, 막상 운영해 보니 생각보다 더 영화관의 재무구조가 열악하다는 사실을 알게 되었다. 너무 열악해서 사비를 투입하지 않으면 안 되는 구조여서 재정적인 부분에서 힘들었지만, 그래도 그는 후회하지 않는다고 했다. 중앙시네마를 통해 안동 지역에서 많은 문화행사들을 진행할 수 있었기 때문이다.

중앙시네마로 들어오는 1층 입구에는 상영시간표가 적힌 캘린더형 화이트보드가 세워져 있다. 들어오는 입구가 워낙 협소해 상

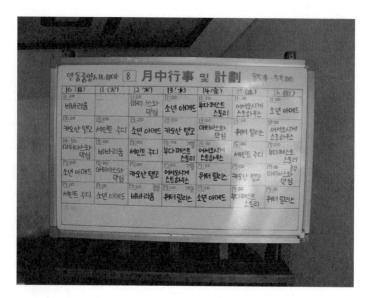

영시간표로 시각적인 효과를 주고 싶어 설치했다는 화이트보드는 아날로그의 느낌을 물씬 풍기고 있어서 주변을 지나다니는 시민들의 눈길을 머물게 하는 효과를 준다. 새하얀 화이트보드 위에 까만 손글씨로 칸마다 적혀 있는 상영작들의 제목을 보고 있자니 오래된 도시인 안동의 모습이 겹쳐 보였다.

아날로그로 쓰이는 상영시간표는 개봉을 앞둔 예술영화와 한국 독립영화들을 70%와 30%의 비율로 섞어 선택한 후 만들어지고 있다. 때때로 관객들이 미리 개봉 예정 정보를 접하고 상영 문의를 하는 경우도 있는데, 요청이 온 작품들을 최대한 상영할 수 있게 노력하고 있다. 관객이 수동적으로 영화를 보는 것에만 그치지 않고, 상영시간표에도 영향을 미친다는 부분이 흥미로웠다.

중앙시네마는 2014년 〈다이빙벨〉 상영 이후, 영진위의 예술영화전용관 지원 사업에서 배제되었다. 문화예술계 블랙리스트가 구체화 된 거다. 그러나 〈다이빙벨〉의 상영 이전에도 블랙리스트에 대한 이야기는 꾸준히 나오고 있었다. 2013년 정부는 〈천안함 프로젝트〉의 상영을 대놓고 하지 말라고 압박을 주었다. 결국 압박을 견디지 못해 상영하지 못한 영화관들이 많았는데, 일부 독립예술영화관들은 압박에도 굴하지 않고 〈천안함 프로젝트〉를 상영했고 정부의 눈엣가시 같은 존재가 되었다.

안 그래도 눈엣가시였던 독립예술영화관들이 다음 해에 〈다이빙벨〉까지 상영하게 되면서 문화예술계 블랙리스트는 확실한 틀을 갖추게 되었고, 예술영화전용관 지원 사업에서 의도적으로 〈다이빙벨

〉을 상영한 영화관을 탈락시키는 불이익을 행했다. 공정성이라고는 없는 지원 사업 탈락은 많은 이슈를 불러일으켰고, 정부는 아예 사업 자체를 없애버리고 '배급 지원 사업'이라는 이름으로 영진위에서 선정한 작품을 상영하면 인센티브를 주는 제도를 만든다.

자율적인 상영이 이루어지지 못하고 정해진 작품만 상영해야 한다면 영화관의 존재 이유는 퇴색될 것이다. 그는 힘든 상황에서도 신념을 잃지 않았고, 중앙시네마를 다양성이 존재하는 공간으로 계속 유지하기 위해 고군분투했다. 극장의 문을 닫기는 쉬워도, 다시 열기는 어렵다는 걸 알고 있었기에 더 그랬을지도 모른다. 영진위에서 제도적인 지원을 전혀 받지 못하는 상황에서 2014, 2015년 2년간 그는 사비를 들여 홀로 중앙시네마를 이끌어 갔다. 인건비라도 최대한 절감해야 버틸 수 있었기 때문이다. 직원도 없이 홀로 중앙시네마를 지키며 얼마나 힘들었을까 싶어서 어떻게든 버텨내며 이 공간을 지켜준 그가 고마웠다. 기획전의 형태와 공동체 상영으로 힘을 건네준 안동시와 시민들에게도 고마웠다. 그들이 아니었다면 그는 진작에 모든 에너지를 다 소진하고 문을 닫았을지도 모르는 일이다.

"블랙리스트는 표현의 자유를 침해하고, 특정한 사람을 집어서 그 사람에게 불이익을 준다는 점에서 정말 위험한 제도예요. 현재 진상규명은 어느 정도 진행된 상태인데, 정작 처벌이 이루어지지 않고 있어요. 블랙리스트에 핵심적으로 관여한 이들이 꼭 제대로 된 처벌을 받아야 해요. 다시는 이런 일이 생기지 않도록요."

참 아이러니한 일이다. 진상규명은 이루어지고 있지만 처벌은 시행되고 있지 않다는 게. 당장 밥줄이 끊기는 일과 직결되기에 부당

함에도 윗선의 지시를 따라야만 하는 공무원들의 입장도 수긍은 가지만, 왜 정작 이 모든 일을 계획하고 벌인 핵심 담당자들에게 처벌은 시행되지 않고 있는 것인가. 두 번 다시 블랙리스트라는 끔찍한 일이 생기지 않으려면 반드시 그들에게 합당한 처벌이 내려져야 한다. 처벌 없이 유야무야 지나간다면 이런 일이 또 생기지 않으리란 법이 있을까. 최소한의 가이드라인으로 처벌은 꼭 시행되어야 한다.

코로나19가 발발한 초기에 대구, 경북지역은 전국에서 가장 큰 피해를 당하였다. 중앙시네마가 위치한 안동도 마찬가지였다. 장기간의 휴관 기간을 가지며 운영에 대한 고민이 많아졌다. 다시 문을 열고 난 뒤에도 고민은 가시지 않고 현재 진행형이다. 코로나19가 지나간다고 하더라도 다른 전염병이 돌지 않는다는 보장이 없는 팬데믹 시대에서 영화관은 기존과는 다른 형태로 바뀌어야 하지 않나 하는 고민이 그의 머릿속을 사로잡고 있다. OTT 플랫폼 위주로 시장이 흘러가는 상황에서 영화관은 어떤 모습으로 남아야 할까. 풀리지 않는 난제 중의 난제다.

다양한 영화를 상영하는 것처럼, 다양한 사람들이 모이는 장소가 바로 영화관이다. 티켓 나눔을 통해 좋은 영화를 함께 나누는 관

객도 있지만, 공간을 운영하는 이의 기운이 빠지게 만드는 사람들의 방문도 많다. 그런 상황 속에서 때때로 상처를 받기도 하지만, 관객들의 영화 잘 봤다는 한마디들이 쌓여 공간을 이어가는 힘이 된다. 관객의 따뜻한 말들은 공간을 운영하는 이에게 있어서는 최고의 원동력이다.

그는 기억에 남는 GV로 〈밀양 아리랑〉, 〈그날, 바다〉를 꼽았다. 밀양의 할머니들이 왔던 〈밀양 아리랑〉과 세월호 유가족들이 왔던 〈그날, 바다〉의 GV의 모습들은 지금도 선명한 울컥함으로 남아 있다고 했다.

안동의 트레이드마크라고 할 수 있는 찜닭 골목과 갈비 골목의 중간에 있는 중앙시네마. 위치 덕분에 안동의 구도심 스탬프 투어

에 중앙시네마도 들어가 있다. 현재는 코로나19로 인해 스탬프 투어는 중단된 상태지만, 한창 스탬프 투어로 중앙시네마를 찾았던 여행객들에게 그는 로비에 있는 아날로그 영사기에 관해 설명하며 손수 작동해볼 수 있게 해주곤 했다. 여행객을 위해 안동 버스 시간표도 비치해둔 배려도 돋보인다. 다시 스탬프 투어가 재개된다면 많은 이들이 안동에 와서 스탬프도 찍고, 영화도 보며 배가 고플 때는 맛있는 음식들도 먹으며 색다른 여행을 경험할 수 있으면 좋겠다.

"저희 중앙시네마의 모토가 있어요. 영화의 산실, 지역문화의 허브, 여유와 사색의 쉼터라는 의미를 담은 세 가지의 모토요. 이 모토처럼 안동 지역에서 앞으로도 예술영화를 잘 소개하고 이어주며, 지역문화 발전을 위해 노력하고 싶어요."

영화를 좋아하는 사람들의 쉼터이자 허브가 되기 위해 매주 월요일마다 월영모(월요일 영화 보는 모임)라는 이름의 영화 모임도 꾸준히 진행하고 있다. 안동에서 유일한 독립예술영화관을 운영한다는 것에 대한 부담감이 클 법도 한데, 단단한 목소리로 모토를 설명하는 걸 듣고 있자니 마음 한구석이 든든한 느낌이었다. 나도 이런데, 지역민들은 얼마나 더 든든할까 싶다. 안동에 중앙시네마가 존재해주어 정말 다행이다.

"극장을 운영하기 전에 봤던 작품 중에 가장 좋았던 작품을 하나 꼽는다면 〈시네마 천국〉이에요. 〈시네마 천국〉의 장면 하나하나가 인상적으로 남아서, 지금도 잔상처럼 남아있어요. 극장을 운영하면서 만났던 작품 중에서는 〈천안함 프로젝트〉와 〈다이빙벨〉을 꼽고 싶어요. 〈천안함 프로젝트〉와 〈다이빙벨〉은 영화관의 존재 의의를 심어준 작품이었어요. 왜 영화관이 존재해야 하는가를 온몸으로 알려주는 느낌을 강하게 받았죠."

영화와 영화관을 사랑하는 사람들에게 있어 의미 깊은 〈시네마 천국〉을 비롯해 블랙리스트 문제로 무척이나 고된 시간이었지만, 영화관이라는 다양성 공간의 존재 이유를 일깨워준 〈천안함 프로젝트〉와 〈다이빙벨〉까지. 어쩌면 그의 인생 영화는 영화 자체가 아닌, 공간에 있는 건 아닐까.

"단 한 편의 영화를 보더라도 오랫동안 깊은 여운을 안겨줄 수 있는 공간, 그게 바로 영화관만이 가지는 의미라고 생각해요."

때때로 러닝타임이 끝나고 상영관을 나오는 순간, 머릿속에 깊은 여운처럼 맴도는 그런 영화들이 있다. 누군가에게는 그 한 편의 영화가 인생을 바꿀 수도 있을 것이고, 또 다른 누군가에게는 아픔을 치유하는 형태로 작용하기도 한다. 영화는 그렇게 관객의 삶에서 다시 재생된다.

"내 인생의 영화를 만날 수 있는 영화관. 방문하는 관객들로 하여금 관람하는 영화들이 내 인생의 영화라고 느낄 수 있는 곳이 가장 이상적인 공간일 거라 생각해요."

나 또한 영화관에서 여러 편의 인생 영화를 만났다. 그래서인지 그가 말하는 이상적인 영화관이 가깝게 다가왔다.

매일이 쌓여 역사가 되듯이, 중앙시네마가 안동이라는 도시에서 하나의 역사적인 공간으로 자리할 수 있었으면 좋겠다. 나중에 안동이라는 도시를 떠올리면 중앙시네마가 가장 먼저 떠오를 수 있도록 말이다. 그렇게 하루하루 극장의 역사를 쌓아가며 그는 오늘도 중앙시네마의 문을 연다.

〈워터 릴리스〉

2007 | 프랑스 | 83min

〈워터 릴리스〉는 싱크로나이즈드 선수인 플로리안을 보고 사랑에 빠진 소녀 마리의 이야기다. 간간이 다른 이의 시선으로도 사랑의 모습들을 보여주지만, 주로 마리의 시선 위주로 이야기가 전개된다. 영화를 보며, 나는 마치 마리가 된 듯한 기분에 휩싸였다. 물속에서 우아한 연기를 펼치는 플로리안은 너무도 매력적이었으니까. 내가 마리였어도 플로리안에게 빠졌을 거라는 생각이 들었다. 다른 소녀들에게는 없는 특별함이 플로리안에게는 있었다.

플로리안이 먹다 버린 사과를 베어 무는 장면에서 나는 마리에게 애틋함을 느꼈다. 사랑하지 않는다면 할 수 없을 행동이니까. 그런 마리의 마음을 플로리안은 아는지 모르는지 야속한 행동만 계속하는데, 그럼에도 불구하고 마리는 언제나 변함없이 그의 곁에 있다. 사랑이란 그 사람의 곁에 자리하고 싶은 강한 열망이니까. 나를 제일 아프게 했던 건, 플로리안이 '처음'에 대한 이야기를 했던 장면이었다. 플로리안의 뒷모습을 바라보며 창문에 플로리안이 장난스레 남긴 입술 자국에 자신의 입술을 대는 마리의 마음은 얼마나 찢어졌을까. 그것 외에도 수없이 마리의 마음이 무너지는 장면이 많지만, 나는 마리가 그 아픈 순간들을 교훈 삼아 나중에 플로리안이 아닌 다른 이를 마음에 품게 된다면 더 성장한 모습으로 뜨겁게 타오를 거란 생각이 들었다. 누군가를 이토록 마음 깊이 사랑할 수 있는 사람이라면, 감정을 함께 나눌 수 있는 이가 나타난다면 열기는 분명히 배가 될 테니까.

작열하는 한낮의 태양처럼 뜨겁게 사랑에 뛰어드는 소녀의 모습을 섬세하게 그려낸 〈워터 릴리스〉. 영화의 여운이 너무 짙어서 매년 여름마다 이 작품이 생각날 것 같다. 여름을 닮은 〈워터 릴리스〉에 어느새 나도 마리처럼 뜨겁게 빠져들었다.

궁금해,
너의 눈빛

FESTIVAL DE CANNES
SELECTION OFFICIELLE
UN CERTAIN REGARD

〈타오르는 여인의 초상〉
셀린 시아마 감독 × 아델 에넬

워터 릴리스

08.13 SUMMER SOON

14

—

너와 나의 영화관,
KU시네마테크

　　일감호수를 걸었다. 처음에 걸을 땐 걷는 행위 자체에 집중해서 별다른 생각을 하지 않았는데, 호수를 반쯤 돌 무렵부터 생각으로 가득 찼다. 생각에 빠져 걷는데, 천둥번개와 함께 엄청난 양의 비가 쏟아졌다. 어느샌가 서로 일정한 거리를 두고 각자의 리듬으로 호수를 돌던 사람들은 다 사라지고 나만 남아있었다.

　　전혀 다른 느낌이지만, 여름처럼 뜨거웠던 봄날의 교토의 도시샤 대학을 거닐던 기억이 떠올랐다. 윤동주와 정지용의 시비를 보고 울컥한 채로 한참을 그곳에 멈춰 서 있던 순간들. 한참을 걷다 가만히 호수를 바라보니 세계 두들기던 비들은 어느새 약해져 있었다.

　　2011년 건국대학교 안에 KU시네마테크라는 이름으로 독립예술영화관이 만들어졌다. 일반적인 독립예술영화관들은 대학 외부에 자리를 잡고 있어서, 현재 우리나라에 대학 내부에 자리를 잡고 있는 곳은 이화여대의 아트하우스 모모와 건국대의 KU시네마테크뿐이다.

　　쿠씨네라는 약칭으로 친근하게 불리는 KU시네마테크는 건국

대 영화과 건물에 있다. 영화를 교육하는 곳에 영화관이 있으면 순기능이 많을 거라는 생각에 쿠씨네는 시작되었다. 단순히 외부의 영화를 수급해와 상영하는 것에만 그치지 않고, 영화과와 긴밀하게 협력해 영화과 학생들이 만든 영화를 상영하고 때때로 상영관을 강의 공간으로 활용하기도 한다. 대학 안에 있다는 것 자체도 유니크한데 대학과 서로 간의 시너지 효과를 내며 운영하고 있다는 사실이 흥미로웠다.

KU시네마테크를 운영하는 주현돈 대표님은 처음부터 쿠씨네를 운영하지는 않았다. 처음에 입사할 때는 영사기사로 들어왔는데, 여러 가지 복잡한 내부 사정으로 인해 몇 년 전부터 쿠씨네의 운영을 맡게 되었다고 했다. 영사기사로 들어와 대표까지 역임하게 되었다

는 게 놀랍기도 하고, 대단하다는 생각이 들었다. 어떠한 복잡한 사정들이 있었는지는 몰라도 영화관에 대한 애정이 있기에 결국 운영까지 도맡게 되었을 테다. 이야기를 하는 그의 얼굴에 쿠씨네에 대한 애정이 한껏 묻어났다.

지금은 운영하지 않지만 2012년부터 2018년까지 고려대에는 KU시네마테크의 쌍둥이 영화관인 KU시네마트랩이 있었다. 그는 KU시네마트랩과 함께 운영되던 시기에는 상영관이 두 곳이 가동되었던지라 단관과 달리 다양하게 더 많은 영화를 소개할 수 있었던 게 가장 좋았다고 했다. 흥미롭게도 두 곳 다 대학 안에서 운영되는 영화관이지만 주 타겟층은 전혀 달랐다. 그래서 서로 다른 느낌의 시간표를 짜는 재미가 쏠쏠했는데, 지금은 쿠씨네만 존재하기에 다양한 시도를 할 수 있는 기회가 상대적으로 줄어들었다. KU시네마트랩의 마지막 상영을 마치고 문을 닫으며 그는 어떤 생각들을 했을까. 관객이 다 떠난 후 텅 빈 상영관과 로비를 지켜보았을 뒷모습을 생각하자 괜스레 마음이 저릿했다.

　　독립예술영화관 중에 이렇게 광범위한 티켓 요금 할인제도가 있는 영화관은 없을 것이다. 영화과 학생, 국군장병 할인, 광진구민 할인을 비롯해 많은 할인제도를 쿠씨네는 갖추고 있다. 영화과 학생 할인 같은 경우는 쿠씨네가 건국대와 함께하게 되면서 필수적으로 들어가게 된 운영 조건 중 하나였다. 아마도 영화과에 재학 중인 학생들이 더 많은 영화를 볼 수 있게 하기 위해 넣은 조건이었을 거라는 생각이 들었다. 국군장병 할인제도도 비슷한 취지다. 군대를 연기하지 않는 이상 보통 대학교 1, 2학년의 나이에 휴학하고 입대하기 때문에 휴가 나온 학생들이 조금 더 부담 없이 영화를 볼 수 있게 할인제도를 넣었다. 다른 할인제도들은 문화를 향유하고 지역에 기여하고 싶은 생각과 쿠씨네 주변에 밀집된 멀티플렉스 영화관으로부터 관람객을 지키기 위해 만들어졌다.

"'세븐 쿠폰'이 인상적이에요. 쿠폰에 영화마다 특징을 살려 만든 영화 도장을 찍어주는데요. 어떻게 시작되었고, 각기 다른 영화의 도장을 만들게 된 이유가 궁금하네요."
"마일리지 제도가 없어서 마일리지 제도의 일환으로 쿠폰을 만들게 되었어요. 이왕 만들 거면 일반 도장을 찍어주기보다 좀 더 특색 있는 도장을 만들어서 찍어주자 해서 시작된 게 세븐 쿠폰이에요. 워낙 반응이 좋아서 지금까지 계속 이어지고 있죠."

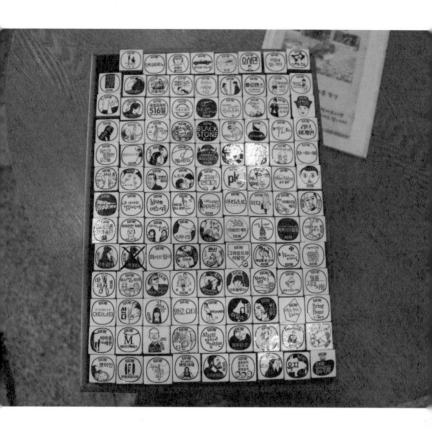

"많은 영화들이 상영된 만큼, 만들어진 영화 도장들도 무수히 많을 텐데요. 영화 도장들은 현재 어떻게 보관하고 있나요?"

"카운터에 따로 도장을 수납하는 공간을 만들어뒀어요. 나중에 다시 해당 영화의 기획전 같은 걸 하면 도장을 쓰게 되는 일들이 있거든요. 가끔 기간은 지났지만 도장을 찍어 기념으로 남기기 위해 오래된 쿠폰을 가져오시는 분들이 있어요. 그런 분들에게 기념으로 남기실 수 있게 도장을 찍어드리곤 해요. 그렇게 계속 사용될 일이 생기기에 항상 도장들을 잘 정리해서 보관해두고 있죠. 기회가 된다면 영화 도장들로 전시를 하고 싶은 마음도 있어요."

쿠씨네의 시그니처를 딱 하나만 꼽아야 한다면 나는 영화 도장을 꼽을 것이다. 보통은 쿠폰에 똑같은 모양의 도장을 찍어주는 데 반해, 쿠씨네는 각 영화별로 만든 세상에 단 하나뿐인 도장을 관객에게 찍어준다. 그렇기에 영화 도장은 세븐 쿠폰을 단순한 쿠폰이라는 의미를 넘어 하나의 굿즈로 만들어주는 특별함도 선사한다. 영화 도장 전시를 하고 싶다는 그의 말처럼, 쿠씨네의 역사와도 같은 영화 도장들이 나중에 로비에서 전시가 되면 좋을 것 같다는 생각이 들었다. 그 얼마나 아름다운 풍경일까 싶어 벌써부터 마음이 벅차오른다.

"건물이 뚫려있는 부분들이 많아서 에어컨을 달 수가 없어서 여름에는 덥고, 겨울에는 추운 구조예요. 처음에는 천장에 비닐 뽁뽁이를 붙여서 덜 덥고 덜 춥게 하려고 시도를 해봤는데요. 미관상 보기 좋지 않다는 학교 측의 요청과 소방법 위반 등의 문제가 있어서 결국 뽁뽁이를 뗐죠. 떼고 나니 천장이 너무 휑해서 영화 스틸컷을 필름지로 인화해서 달아보기로 했어요. 필름지에 인화도 잘 되었고, 관객들도 좋아해서 주기적으로 계속 스틸컷들을 교체해가며 걸고 있어요."

상영된 영화 포스터와 영화 스틸컷을 필름지에 인화해서 로비에 걸어둔 모습이 인상적이다. 필름지에 인화한 것들이라 시간이 지난 것들은 휘발되어 바래 버린 것들도 많지만, 차곡차곡 아카이브 한다는 자체로도 중요한 의미를 지닌다. 이런 것들이 하나하나 모여 쿠씨네의 역사가 될 테니 말이다.

보통 뉴스레터라고 하면 이메일로 전송받는다는 개념을 가장 먼저 떠올린다. 쿠씨네는 달랐다. '위클리 쿠씨네'라는 이름으로 매주 SNS를 통해 웹진 형 뉴스레터를 발행하고 있다. 위클리 쿠씨네 이전에는 KU시네마라는 이름으로 이메일로 전송하는 형태의 뉴스레터를 2주에 한 번씩 발행했는데, 2주에 한 번씩 전송하다 보니 상영 시간표의 공백과 변동을 즉각적으로 반영할 수 없었다. 그러나 매주 웹진 형

으로 발행을 하다 보니 상영 시간표의 공백이 사라졌고 가독성도 훨씬 좋아졌다. 이메일로 전송되는 뉴스레터는 한계가 있다. 모바일 메신저의 발달로 인해 공적인 용도 외에 사적인 용도로는 이메일을 잘 열어보지 않는 사람이 훨씬 많기 때문이다. 그런 면에서 SNS를 통해 매주 발행되는 '위클리 쿠씨네'는 더 많은 사람에게 가까이 다가갈 수 있는 장점을 지닌다. 뉴스레터를 메일로만 전송해야 한다는 고정관념을 시원하게 깨뜨리는 뉴스레터라니. 참 매력적이다.

독립예술영화전용관에는 일정 기간 한국 영화를 상영해야 하는 의무가 있다. 그래서 한국 독립영화만을 상영하는 독립영화전용관이 아닌 이상 얼마만큼의 비율로 영화들을 상영할지 고민하며 상영 시간표를 짠다. 쿠씨네는 비율을 적절히 잘 맞춰가면서도, 보고 싶다고 느껴지는 영화들을 위주로 상영작을 선정한다. 단순히 내가 보고 싶어서 상영하는 게 아닌 나도 보고 싶지만 관객도 관심을 가질만한 요소가 많은 좋은 작품들을 고르기 위해 노력한다.

　　그들의 노력이 가장 잘 나타난 게 바로 '티모시 샬라메 기획전'이었다. 좋아서 시작한 게 티가 날 정도로 신이 난 모습으로 굿즈를 준비하는 쿠씨네의 모습을 보며 관객들도 많은 호응을 보냈다. 스크린으로 보고 싶을 정도로 좋아하는 작품을 상영하다 보니 자연스레 더 많이 신경을 쓰게 되고, 관객의 걸음으로도 고스란히 이어지는 모습을 보였다.

　　영문자막 상영도 흥미로운 지점이다. 쿠씨네는 한국 영화에 관심이 있어도 영문 자막이 없으면 볼 수 없는 외국인들을 위해 영문자막 상영을 시작했다. 〈부산행〉으로 처음 영문자막 상영을 시작했는데, 반응이 매우 좋아서 그 이후로 꾸준히 이어가고 있다. 상영되는 한국 영화들이 대부분 독립영화라 독립영화의 영문자막 상영 위주로 이루어지지만, 가끔 상업영화 영문자막 상영도 진행되고 있다. 〈기생충〉도 영문자막으로 상영을 한 적이 있는데, 서울에 거주하는 외국인 커플들도 많이 와서 관람하고 봉준호 감독도 직접 친구와 함께 방문해 〈기생충〉의 영문자막 상영을 보고 가기도 했다고 한다.

영문자막 상영의 좋은 점은 내국인과 외국인 관객을 모두 잡을 수 있다는 점이다. 그는 한국 관객들은 해외 영화를 많이 봐서 자막에 익숙해져 있기 때문에 영문자막 상영에 거부감을 덜 느끼는 것 같다고 말했다. 그 말에 고개가 끄덕여졌다. 쿠씨네에서 〈남매의 여름밤〉 영문 자막 상영을 봤는데, 상당히 신선한 경험이었다. 영화관에서 한국 영화를 영문자막으로 관람한다는 건 흔치 않은 일이기에 더 흥미롭게 다가왔다. 러닝타임 초반에는 영문자막이 약간 신경 쓰이기도 했는데, 나중에는 자막의 존재를 잊을 정도로 자막이 영화의 한 장면처럼 친숙해졌다. 그는 영문자막 상영을 기회가 된다면 배리어프리 형태로 확장하고 싶다고 했다. 쉽사리 만들기는 어려운 형태지만, 배리어프리로 만들어진다면 장벽이 없다는 뜻처럼 더 많은 사람들이 부담 없이 영화를 즐길 수 있게 될 것이다.

"〈옥자〉를 한창 상영하던 때가 기억나요. 〈옥자〉 상영을 했던 한 달이 올 한 해 수익 전체와 맞먹을 수 있을 정도로 많은 관객이 오셨어요. 워낙 호응이 커서 심야상영까지 넣었던지라, 대중교통이 운행하지 않아서 택시를 매번 타고 집에 돌아가곤 했죠. 퇴근이 늦어져 피곤했지만 너무 행복했어요. 상영관 안에 150명이 앉아있고, 로비에도 150명이 있는 모습들이 아직도 생생해요. 그 당시에는 갑자기 밀려드는 관객에 정신없고 힘들기도 했지만, 뒤돌아보면 행복함 뿐이었네요."

꽉 찬 상영관의 모습과 로비에도 빽빽이 들어찬 관객들. 매진의 순간은 영화 상영을 준비하는 사람에겐 가장 큰 기쁨이다.

"멀티플렉스는 광고나 식음료 판매로 운영료가 충당되는 데 반해서 독립예술영

화관에서는 들어오는 광고도 잘 없고, 간혹 있다 하더라도 영화관의 색과 맞지 않는 경우가 많아요. 즉석에서 음식을 만들고 판매하는 식음료 코너도 운영하지 않기 때문에 흑자가 날 수 없는 구조죠. 자본적인 부분에서 어려움이 크면 기획 전을 여는데도 제약이 많이 생겨요. 기획전을 열기 위해 영화를 틀려면 관객이라 도 많이 들어야 하는데, 관객이 많이 든다는 보장이 없기 때문에 비싸게 돈을 지 불하고 틀어야 하는 작품들은 하지 못하는 경우가 생기기도 하거든요. 그런 부분 들이 운영하는 데 있어 가장 힘든 부분이에요."

　　멀티플렉스 같은 경우는 비싼 돈을 주고 틀어야 하는 기획전
이어도 관객이 항상 어느 정도는 유지되기 때문에 박리다매로 마케팅
이 가능하지만, 독립예술영화관은 그러기가 힘들다. 독립예술영화관
을 찾는 관객 수가 멀티플렉스에 비해 현저히 적은 점도 한몫할 것이
다. 그럼에도 불구하고 독립예술영화관은 관객의 영화 다양성을 지키
기 위해 오늘도 기획전을 준비하고 영화를 튼다.

그는 살아오면서 보았던 영화들 중에 인생 영화로 벨라 타르의 〈사탄탱고〉와 안드레이 타르코프스키의 〈스토커〉를 꼽았다. 〈사탄탱고〉는 438분이라는 방대한 러닝타임을 가진 대작이지만, 30분짜리 시퀀스가 마치 5분처럼 느껴지는 순간들이 있어서 시간이 다르게 흐르는 것만 같았다고. 〈사탄탱고〉만의 흐름은 영화의 존재 이유와 가장 근접하다는 생각이 든다고 했다.

그의 말을 들으며 문득 예전에 부산국제영화제에서 4시간 30분가량의 작품을 1부와 2부로 나누어 보았던 때가 떠올랐다. 러닝타임이 길어서 어렵고 재미없지는 않을까 하는 생각을 어렴풋이 했는데, 영화의 재미는 러닝타임과는 상관없다는 사실을 그 작품으로 몸소 깨달았다. 그에게 있어서 〈사탄탱고〉는 그런 의미를 지니는 작품이 아닐까. 어떠한 영화는 긴 러닝타임을 관객으로 하여금 짧게 느끼게 만들곤 하니까. 〈스토커〉는 처음 관람했을 때는 재미없다고 느꼈지만, 시간이 지나고 다시 관람하게 되었을 때 재미있다는 생각이 들어서 영화를 보는 관점이 달라지면 재미를 찾을 수 있다는 걸 느끼게 된 작품이라고 했다.

"저에게 있어 영화관은 일상을 환기할 수 있는 공간이에요. 영화관에서 영화를 볼 때는 지친 삶 속에서 잠시나마 도망쳐 나올 수 있어서 일상에 갇히지 않게 해 주거든요. 그리고 많은 시간을 영화관에서 일하며 보내기 때문에 생계의 공간이라고도 볼 수 있어요. 제게 있어 영화관은 삶의 일부에요."

일상을 환기하며 생계를 유지해나갈 수 있는 공간. 누군가는 잠시 머무르며 스칠 뿐인 영화관이라는 공간에서 어떤 이는 자신의 삶을 살아낸다는 게 뭉클했다.

그는 이상적인 영화관이란 최대한 원작자의 의도에 맞게 영화를 기술적으로 잘 구현해서 상영하는 곳이라고 했다. 좋은 영화가 무엇인지는 관객이 오롯이 판단해야 할 문제기에 기술적인 부분에서 모자람이 없어야 관객의 선택에 도움이 된다고. 각각의 영화의 고유한 느낌을 기술적으로 잘 구현할 수 있는 곳이라면 관객이 선택할 수 있는 좋은 영화의 몫도 자연스레 훨씬 늘어날 것이다. OTT 플랫폼이 발달한 시대, 영화관은 앞으로 더 많은 부분을 연구하고 지금보다 더 발전해야 하지 않을까. 영화관이라는 존재가 마니아만 방문하는 곳으로 남지 않으려면 말이다.

무탈하게 작은 영화관들의 하루가 매일 흘러가길 바란다. 사라지지 않고, 매일의 일상을 함께 보낼 수 있는 공간으로 우리 곁에 오래오래 남아주길 바라는 마음을 담아 나는 보이지 않는 응원을 건넸다.

쿠씨네 입구 문을 열고 나오자 돌비 애트모스보다 더 생생한 사운드로 비가 지상을 적시고 있었다. 비를 바라보며 나는 내 작은 우산이 뭔가 독립예술영화관의 모습과 닮았다는 생각을 했다. 쏟아지는 비들을 견뎌내는 작은 우산처럼 독립예술영화관도 이제까지 버텨왔던 것처럼 앞으로도 끈질기게 살아남아 주었으면 좋겠다. 우산이 미처 가리지 못해 팔뚝으로 연신 튀는 빗물이 아직 장마가 끝나지 않았음을 알리고 있었다.

〈남매의 여름밤〉

2019 | 대한민국 | 104min

〈남매의 여름밤〉은 방학 동안 아빠와 함께 할아버지 집에서 지내게 된 남매 옥주와 동주, 그리고 고모의 이야기가 담긴 작품이다. 이 작품을 보면서, 마치 어린 시절로 돌아간 느낌이 들었다. 외갓집에서의 기억들이 스크린을 응시하는 내내 머릿속에서 펼쳐졌다. 그렇게 어린 시절을 추억하며, 천천히 나는 영화 속으로 걸어 들어갔다.

영화 속에서 인물들은 유독 면을 많이 먹는다. 여름과 잘 어울리는 메뉴인 콩국수를 비롯해 비빔국수, 라면까지. 왜 하필 면일까 생각해보았는데, 한국인의 주식인 밥과 달리 면은 매일 먹는 건 아니기에 방학 같았다. 밥이 학기 중이라면, 면은 방학처럼 쉬어가는 의미랄까. 옥주의 할아버지가 거의 말을 하지 않는다는 부분도 흥미로웠다. 그러나 굳이 말이 필요할까 싶었다. 표정과 행동으로도 충분히 교감이 이루어지고 있었으니까. 마당에서 옥주와 눈이 마주치자 희미하게 웃던 할아버지의 모습에서 그가 얼마나 손녀를 사랑하는지를 느낄 수 있었다. 그런 할아버지가 항상 앉아있던 소파를 보며 꾹꾹 눌러 담았던 눈물을 화산처럼 폭발시키는 옥주를 보며, 나의 할머니가 돌아가셨을 때가 떠올랐다. 텅 빈 할머니 집의 냉장고처럼, 텅 비어버린 자리. 누군가가 떠난 자리는 언제나 강한 슬픔으로 달려가 꽂힌다. 우는 옥주의 얼굴 위로 그날의 기억이 겹쳐져서 나도 울컥하고 말았다. 영화는 옥주의 시선으로 주로 진행되지만, 다른 인물들도 섬세하게 잘 그려냈다. 어느 하나 소외되는 인물 없이 골고루 따뜻하게 카메라는 그들을 비춘다. 그래서인지 나는 이 작품을 보고 난 후, 누군가와 마주 앉아 콩국수가 먹고 싶어졌다. 그 상대가 할아버지라면 더더욱 좋을 것 같았다. 유년의 기억들이 스크린을 통해 넘실거리던 순간, 그렇게 나는 스크린 속 옥주가 되었다.

2020.08.20
INTERNATIONAL FILM FESTIVAL ROTTERDAM
남매의 여름밤
할아버지 집에 오니깐 좋지?

15

—

내가 사랑한 영화관,
국도 예술관

개인적으로 사랑하는 공간을 한 곳만 꼽아야 한다면 주저 없이 국도 예술관을 꼽을 것이다. 10대 때도 하지 않았던 방황을 심하게 겪었던 시기가 스무 살의 나에게 있었다. 아무것도 하기 싫었고 무기력함만 가득해 삶을 왜 살아야 하는지 알 수 없었던 그 시절,, 나를 구원해주었던 건 다름 아닌 국도 예술관이었다. 국도 예술관에서 만났던 수많은 영화는 그래도 삶은 살만하다고 느끼게 하며 다시 일어설 수 있는 용기와 위안을 주었었다.

국도 예술관의 정진아 프로그래머는 국도를 떠올리면 가장 먼저 생각나는 사람이다. 그도 나처럼 처음에는 관객이었다고 한다. "부산에 네가 좋아하는 예술영화를 해주는 극장이 있는데 한번 안 가볼래?"라는 친구의 권유로 처음 국도에 발을 들이게 됐다. 그날 상영관에는 다른 관객이 없어 단둘이서 영화를 관람해야 했는데 그 느낌이 정말 좋았다고. 그래서 그날을 계기로 그는 국도에 다니기 시작했다. 매주 월요일은 국도 데이로 정할 만큼, 무조건 월요일에는 국도에 갔다. 취향에 맞지 않는 영화도 많아서 때때로 졸 때도 있었지만, 공간

이 좋아지다 보니 영화는 취향에 상관없이 부수적인 부분이 되었다.

언제 국도에서 빔 벤더스 감독 특별전이 열리게 된 적이 있었다. 기획전 홍보를 위해 포스터와 팸플릿 디자인 소스를 수정해 인쇄소에 맡겨야 하는데, 애석하게도 그 작업을 할 수 있는 사람이 그밖에는 없었다. 그때부터 자연스럽게 국도에서 기획전이 진행될 때마다 그는 디자인 부분을 도맡게 되었다. 비록 보수를 받고 하는 일은 아니었지만, 좋아하는 공간에 도움을 줄 수 있다는 사실이 기쁘고 행복했다고 말하는 그의 목소리가 더없이 따뜻했다.

국도의 일들을 내부가 아닌 외부에서 돕고 있던 그에게 전환점이 오는 시기가 왔다. 2008년 국도가 위치한 남포동 극장 건물이

팔렸다. 국도를 운영하던 정상길 대표는 수익이 나지 않으니 이전 대신 극장을 접고 싶어 했지만, 국도를 사랑하는 관객들의 힘으로 결국 이전을 하기로 결정 내렸다. 이전 장소도 알아보고, 비용도 고민하며 영화관을 유지하게 하는 관객들이 바로 국도 예술관에는 있었다.

　　이전을 위해 장소를 물색하다가 대연동으로 최종 결정되어 이전이 진행되었는데 하필 그 시기에 프로그래머가 일을 그만두게 되어 국도의 프로그래머 자리가 공석이 되었다. 국도는 프로그래머가 네이버 카페 운영도 겸하고 있는 구조여서, 프로그래머가 그만둠으로써 운영자도 바뀌어야 했다. 프로그래머는 그에게 네이버 카페의 매니저를 맡아 줄 수 있겠냐고 물었고 그는 흔쾌히 수락했다. 그때는 알 수 없었다. 프로그래머까지 하게 되리라곤.

카페 매니저를 맡으면서 재개관 카운트다운 글을 올리기 시작했는데, 재개관 날짜가 점점 가까워지면서 상영 시간표를 올려야 하는 시기가 왔다. 프로그래머가 공석이라 상영 프로그램이 짜여 있을 리는 만무했다. 그래서 그는 직접 뛰기 시작했다. 일일이 영화를 하나하나 다 찾아서, 해당 영화를 배급하는 배급사에 전화를 걸어 배급 요청을 한 것이다.

영화 수급은 일단락되었으나 산 넘어 산이라고 어떻게 상영 시간표를 짜야 하는지의 단계가 남아있었다. 그는 관객 서포터였던 웰스 삼촌, 육학년과 매일 같이 모여 머리를 맞대고 회의를 했다. 고민 끝에 최대한 시간표를 타이트하게 편성하는 방향으로 결정이 내려졌다. 이전한 공간의 건물이 작아서 동선이 짧기에 쉬는 시간이 길게 필요하지 않았기 때문이다.

공교롭게도 기존에 일하던 회사에서 업무적으로 맞지 않는 일들이 생겨서 마음이 떠나기도 했던지라 그는 회사를 그만두고 국도에 더 관심을 쏟았다. 누가 먼저 일을 하라고 제안한 게 아니었던지라 몇 달간 무급으로 일하며 개인적으로 들어오는 디자인 의뢰들로 생계를 유지해나갔다. 그러나 아무리 좋아하는 일이라도 무보수로 긴 시간을 이어간다는 건 무리다. 한계를 느끼던 시점에 국도의 카운터를 보던 아르바이트생이 그만두었고, 그는 2009년 1월부터 정식으로 월급을 받고 발권을 비롯한 국도의 모든 업무들을 보게 된다.

사실 페이의 측면으로 친다면 정말 터무니없을 정도의 보수지만, 돈을 떠나 국도를 정말 사랑했기에 기꺼이 일할 수 있었다. 프로

잠시 외출중입니다
TEL:051-245-5441

28
jan sun

그래머라는 이름이 주는 전문성 때문에 영화 전공자도 아닌데 이런 일을 해도 될까 하는 생각도 많았다. 그러나 관객으로 오랜 세월 지내온 내공이 있었던지라 다른 사람들이 가지고 있지 못한 시선을 가지고 있다는 점은 그가 가진 최고의 자산이었다. 자신의 장점을 잘 녹여내 국도를 이끌었기에, 많은 관객들이 국도를 사랑하게 된 게 아닌가 싶다.

"국도를 떠올리면 "상영 시작하겠습니다. 휴대폰은 꺼주세요."라는 멘트가 자동으로 떠올라요. 멘트를 하지 않고, 상영을 시작하는 곳들도 많은데 상영 전에 이렇게 멘트를 덧붙이게 된 이유가 있을까요."

"대부분의 극장은 안내 멘트를 스크린 화면에 띄우곤 하죠. 그런데 굳이 화면으로 띄워야 할 필요가 있을까 싶어서 영화 시작 전에 목소리로 안내 멘트를 하기 시작했어요. 목소리를 통해 영화 시작을 알리기 때문에 훨씬 정감 있고, 관객에게도 목소리가 끝나고 나면 영화가 시작된다는 게 직접적으로 와 닿기 때문에 이제 곧 시작하는구나 하고 나름대로 마음의 준비를 할 수 있게 되고요."

국도에서 영화를 볼 때, 항상 영화 시작 전에 우렁찬 목소리로 안내 멘트를 하는 그의 목소리를 들어야만 비로소 제대로 영화를 감상하는 기분이 들었다. 목소리와 함께 상영관의 불이 꺼지고, 스크린 불빛만이 공간을 밝게 비추는 그 모든 순간이 마치 어제처럼 생생하다.

"올빼미영화제'는 2008년 크리스마스에 뭘 할까 고민하다가 극장에서 올나잇을 해보면 어떨까 하는 생각에 처음 시작되었어요. 드레스 코드도 맞추고, 포트럭 파티처럼 참여하는 사람들에게 각자 먹을 음식을 챙겨 오라고 했죠. 밤을 새우려면 영화를 세 편 정도 보면 딱 맞겠다는 생각에 영화도 세 편을 준비하고요. 사람들과 모여서 맛있는 걸 먹으며 영화를 보다 보니 너무 재밌어서 매월 마지막 주 토요일마다 밤을 새워서 영화를 보는 '올빼미영화제'를 계속 진행하게 되었어요."

맨 처음 '올빼미영화제'를 보았던 때가 떠오른다. 사람들과 옹기종기 상영관에 앉아 영화를 본다는 게 얼마나 좋았는지 모른다. 대중교통이 끊기는 밤 열두 시에 시작한 영화 상영은 마지막 세 번째 영화가 끝날 무렵이면 아침을 알리는 새소리와 함께 끝이 났다. 만원도 채 되지 않는 저렴한 입장료를 내고, 연달아 영화를 스크린으로 볼 수 있다는 사실이 정말 고맙고 감사해서 나는 올빼미가 끝나고 나면 자청해서 상영관 청소를 도왔다. 너무 행복한 시간을 선물해주는 국도에 뭐라도 보탬이 되고 싶었으니까. 그런 나에게 청소가 끝난 후 밥이라도 먹여서 집에 보내야겠다는 생각에 국밥을 사주던 국도 스텝들. 난로처럼 훈훈했던 기억들은 나중에 내가 〈비눗방울 속의 너〉라는 제목의 단편소설로 등단했을 때 '올빼미영화제'를 주 배경으로 차용할 만큼 소중하게 남아있다. 올빼미영화제에서 영화가 한 편 씩 끝나고 난 뒤 중간 쉬는 시간에 선물을 걸고 진행되었던 빙고 게임도 또렷하다. 국도에 발걸음 한 관객들에게 빙고 게임을 통해 선물을 챙겨주고 싶었던 그의 따뜻함이야말로 올빼미가 국도의 트레이드마크가 될 수 있었던 하나의 힘이었다.

2010년 무렵부터 그는 국도 바깥의 프로그램에도 관심이 생겼다. 이제까지는 국도 안에서 진행되는 프로그램이나 소모임에 대한 관심들이 주였는데, 외부 프로그래머 활동을 하게 되면서 관심이 국

작은 영화관에 보내는 첫 번째 러브레터

Last Scene
라스트 씬

"엔딩 크레딧은 아직 올라가지 않았어요"

감독 박배일 기획·제작 오지필름 국도예술관 배급 디씨네마루 2019.12.

 BUSAN
International Film Festival

도 바깥으로도 확장되었다. 확장된 관심은 오지필름과 함께 정기적으로 진행하는 '다큐싶다'라는 프로그램으로 이어졌다. '다큐싶다'는 덜 알려진 다큐멘터리 영화들을 관객과 나눌 수 있는 좋은 창구 기능을 하는 프로그램이다. '다큐싶다'를 통해 관객은 더 폭넓은 독립다큐멘터리를 만나고, 개봉하지 못한 작품들도 관객을 마주할 수 있는 자리를 가진다는 점에서 이러한 프로그램들이 더 많이 생기고 활성화되어야 한다는 생각이 든다.

오지필름과 '다큐싶다'로 프로그램도 함께했지만 영화도 같이 만들기도 했다. 국도의 마지막을 담은 다큐멘터리 영화 〈라스트 씬〉이 바로 그 작품이다. 처음부터 국도의 마지막을 담기 위해 만든 건 아니었다. 최초의 기획은 2016년에 국도 오픈 10주년 기념을 맞아 관객들에게 10주년 기념 영상을 보여주기 위해 시작되었다. 그러나 긴 시간 있어왔던 건물주와의 갈등으로 인해 재계약이 불발되고 영업을 종료해야 하는 날이 오고 말았다. 다행히도 계속 영상을 찍어오고 있었기에 추가적인 촬영을 거쳐 영업종료일의 마지막 상영을 〈라스트 씬〉으로 하기로 결정했다. 〈라스트 씬〉이라는 제목은 그가 카페에 올렸던 글에서 따왔다. 모든 시작은 다른 끝에서부터라는 내용으로 라스트 씬이라는 제목으로 남포동에서 대연동으로 이전할 무렵 올린 글이 바로 그것이다.

그는 사실 마음 같아서는 영업을 종료하는 날까지 관객에게 국도가 문을 닫는다는 소식을 전하고 싶지 않았다고 했다. 마음의 준비가 되지 않기도 했고, 마지막이라고 해서 갑자기 우르르 관객이 몰려드는 한철의 풍경은 싫었기 때문이다. 항상 한결같이 국도가 자리를 지킨 것처럼, 관객도 그에 응답해 자주 찾아주었어야 한다고 말하는 그의 목소리가 촉촉해졌다.

한동안 뜸하다가, 마지막이니까 공간에 방문하는 풍경들을 국도 외에도 무수히 많이 보아왔다. 그래서인지 그의 말이 충분히 수긍이 됐다. 존재한다는 건 대체 무엇일까 하는 생각이 들었다. 영화 〈라스트 씬〉에서도 나오듯이 그는 항상 국도가 공간으로서 존재하기 위해 온 힘을 쏟아왔다. 예술영화관은 왜 버텨야만 하는가. 버티는 게 아니라 그 자체로 존재하면 안 되는 것일까.

"국도에서 최고 스코어를 기록한 작품은 〈소중한 날의 꿈〉이에요. 〈소중한 날의 꿈〉을 6개월간 장기 상영했었어요. 장기 상영 한 만큼 〈소중한 날의 꿈〉의 총 관객 중 10%가 국도 관객 일만큼 많은 관객이 들었죠."

나도 국도에서 이 작품을 관람했었다. 보고 너무 좋아서 주변에 한창 추천했었던 기억이 난다. 그리고 국도에 갈 때면 항상 상영관 입구에 붙어있던 〈소중한 날의 꿈〉 포스터도 떠오른다. 장기 상영을 한 국도에게도, 작품을 만든 감독님도, 관람한 관객들에게도 제목처럼 소중한 시간이었으리라.

GV도 많이 진행되어서 국도를 떠올리면 GV 맛집이라는 생각이 가장 먼저 든다. 국도가 GV로 유명해지면서 감독이나 배우들이 상영작이 걸리면 먼저 오고 싶어 하던 분위기가 기억에 남는다고 그는 말했다. GV를 통해 독립영화를 생경하게 느끼는 관객들에게 가깝게 느끼게 해주고 싶었다는 그는 GV마다 능수능란하게 모더레이터를

맡으며 진행을 이끌어 나갔다. GV는 단순한 토크가 아니다. 감독이나 배우들의 과거의 작품이나 미래의 작품을 찾아보고 기대하게 되는 순환적인 환경을 위한 장치다. 실시간으로 이루어지는 관객의 피드백을 통해 감독이나 배우들도 자연스럽게 깨달음을 얻고 한 단계 더 성장하는 시간이 되기도 한다.

국도 GV는 최소 한 시간 반에서 두 시간 정도 진행되곤 했다.

초반에 국도 GV를 갔을 때 공책을 들고 가서 메모를 하기도 했었던 게 떠오른다. 그 당시만 해도 휴대폰 녹음 음질이 조악했던 시절이라 공책에 메모를 하는 게 훨씬 효과적이었다. 국도에서 마주했던 수많은 GV와 GV가 끝난 후 감독님과 배우들에게 사인을 받던 순간들이 선명히 머릿속을 스친다.

"팬데믹 시대를 지나고 있는 상황이라 그런지 극장의 의미에 대해 다시 되새기게 되네요. 이제는 극장을 한다면 민간으로는 힘든 시대라 생각해요. 만약 민간으로 한다고 하더라도 개인이 아닌, 조직적인 활동으로써만 가능하지 않을까 싶어요. 협동조합의 형태처럼요. 그런 의미에서 현재 '씨네포크'라는 이름의 부산 독립예술영화관 설립 추진 협동조합 활동을 하고 있어요. 국도에 있을 때부터 진행해왔던 '이음 영화제'를 씨네포크에서도 하고 있고요. 관객들은 언제 공간으로

다시 만날 수 있는지 만을 초점에 두고 기다리고 있는데, 씨네포크가 하는 일은 공간으로써의 극장을 만들어나가는 활동에만 한정된 게 아니에요. 영화를 통해서 나눌 수 있는 여러 가지 문화적 이야기들도 중요하다고 생각해서 다양하게 진행해 나가고 있어요."

동시에 무언가를 해나간다는 건 정말 힘든 일이지만, 단단한 목소리로 이야기를 이어나가는 그를 보며 나는 그라면 분명히 잘해나갈 수 있을 거라는 믿음이 들었다.

그는 짐 자무쉬 감독과 아키 카우리스마키 감독의 영화를 가장 좋아한다고 말했다. 그래서 그들의 영화를 인생 영화로 꼽을 수 있다고 했다. 짐 자무쉬의 영화는 모든 장면에 의미가 있는 것처럼 느껴

지지만 사실 의미가 없고, 그렇기에 의미가 있다고 뒤집어 생각이 가능하기에 좋다고. 아키 카우리스마키의 영화는 특유의 블랙코미디가 매력적이다. 〈과거가 없는 남자〉와 〈레닌그라드 카우보이 미국에 가다〉를 가장 좋아한다고 얘기하는 그의 눈빛이 반짝였다. 〈레닌그라드 카우보이 미국에 가다〉는 레닌그라드 카우보이 시리즈 중 하나인데, 그 시리즈를 정말 좋아해서 해외직구로 산 DVD도 있다고 했다.

아키 카우리스마키 감독은 내가 가장 좋아하는 감독 중 한 명이라, 그의 대답이 더 반갑게 다가왔다. 의미가 없기 때문에 의미를 부여할 수 있다는 그의 말은 마치 인생사의 모습과 닮아있다는 생각이 들었다. 의미가 없이 느껴지는 것도, 의미를 부여하는 순간 특별해지곤 하기 때문이다.

사람이 아닌 공간에게도 사랑을 느낄 수 있다는 사실을 처음으로 알려주었던 공간, 국도. 그리고 그 공간을 지켜주었던 이들. 물성으로 닿는 공간의 국도는 더 이상 없지만 아직도 많은 사람들의 기억에 자리하고 있기에 언젠가 모두 함께 모여 영화를 볼 날이 꼭 올 거라 믿는다. 끝은 새로운 시작을 알리는 이름이니까.

〈그 시절, 우리가 좋아했던 소녀〉

2011 | 대만 | 107min

〈그 시절, 우리가 좋아했던 소녀〉는 첫사랑에 관한 이야기가 담긴 영화다. 개봉 당시 구파도 감독의 자전적인 이야기를 담았다는 점에서 대만판 〈건축학개론〉으로 불리기도 했지만, 첫사랑이라는 공통분모를 제외하고는 전혀 다른 모습으로 관객에게 다가간다. 꽤 오랜 시간이 흘렀음에도 아직도 이 영화를 보았던 날의 날씨, 온도, 풍경들이 파노라마처럼 눈 앞에 펼쳐진다. 영화 속에서 션자이를 열정적으로 짝사랑하는 커징텅처럼 그 시절 나도 누군가를 마음에 깊숙이 품은 시간의 터널을 지나고 있었다. 그래서였을까. 러닝타임 내내 커징텅의 감정선에서 헤어 나오기가 힘들었다.

그 시절, 반짝반짝 빛나던 소년 커징텅과 소녀 션자이. 서투르고, 오해 가득한 불완전한 두 청춘의 모습은 첫사랑은 이루어지지 않는다는 말처럼 어긋나버리지만 마냥 슬프지만은 않다. 어떠한 사랑은 이루어지지 않고, 추억으로 남을 때 더 아름답기도 하기에.

"나도 널 좋아했던 그 시절의 내가 좋아." 이 대사를 듣는 순간 나는 이 작품을 내가 사랑하게 될 거라는 사실을 직감할 수 있었다. 영화가 끝난 후 상영관을 나와 어두워진 거리를 걸어 집으로 향하던 그 날, 그 순간 나는 엔딩 신에서의 커징텅처럼 씨익 웃었다. 그 기억들을 가만히 떠올리며 나는 커징텅이 션자이에게 했던 말을 그 시절 내가 사랑했던 그에게도 똑같이 전하고 싶다.

"그 시절 내가 좋아했던 넌 영원히 내 눈 속의 사과야."

그 때…
너도 날
좋아했을까?

그 시절,
우리가 좋아했던
소녀

8.23 아시아 전역을 평정한 흥행신드롬!

가진동·진연희 감독 구파도

전국의 독립예술영화관 리스트

● 서울

· 더숲 아트시네마 | 노원구 노해로 480 조광빌딩 B1 | www.forest6.co.kr
· 라이카시네마 | 서대문구 연희로8길 18 스페이스독 지하 1층 | www.laikacinema.com
· 실버영화관 | 종로구 삼일대로 428 | www.bravosilver.org
· 씨네큐브 광화문 | 종로구 새문안로 68 | www.cinecube.co.kr
· 아리랑시네센터 | 성북구 아리랑로 82 | www.cine.arirang.go.kr
· 아트나인 | 동작구 동작대로 89 | www.artnine.co.kr
· 아트하우스 모모 | 서대문구 이화여대길 52 | www.arthousemomo.co.kr
· 에무시네마 | 종로구 경희궁1가길 7 | www.emuartspace.com
· 이봄씨어터 | 강남구 압구정로10길 9 | www.facebook.com/ebomtheater
· 인디스페이스 | 종로구 돈화문로 13 | www.indiespace.kr
· 자체휴강 시네마 | 관악구 인헌12길 42 지하1층 | www.huegang.com
· 필름포럼 | 서대문구 성산로 533 하늬솔빌딩 A동 지하1층 | www.filmforum.co.kr
· KT&G 상상마당 시네마 | 마포구 어울마당로 65, 지하4층 | www.sangsangmadang.com
· KU시네마테크 | 광진구 능동로 120 건국대학교 예술문화관 B108 | www.kucine.kr

● 경기·인천

· 명화극장 | 경기도 안산시 단원구 중앙대로 921 | www.myounghwacinema.org
· 판타스틱큐브 | 경기도 부천시 길주로 210-2 | www.media-center.or.kr/bucheon
· 헤이리시네마 | 경기도 파주시 탄현면 헤이리마을길 93-119 3층 |
　　　　　　　 www.facebook.com/heyricinema
· 미림극장 | 인천광역시 동구 화도진로 31 | www.milimcine.com
· 영화공간 주안 | 인천광역시 미추홀구 미추홀대로 716 7층 | www.cinespacejuan.com

● 강원

·강릉독립예술극장 신영 | 강원도 강릉시 경강로 2100 신영빌딩2 4층 | www.theque.tistory.com
·고씨네 | 강원도 원주시 무실로 21 2층 | www.instagram.com/go_cine_

● 부산·경상

·영화의전당 인디플러스 | 부산 해운대구 수영강변대로 120 영화의전당 | www.dureraum.org
·오오극장 | 대구 중구 국채보상로 537 | www.55cine.com
·동성아트홀 | 대구 중구 동성로69 3층 | www.artmovie.co.kr
·그레이스 실버 영화관 | 대구 중구 경상감영길 137 | www.gracesilvermovie.com
·중앙시네마 | 경북 안동시 문화광장길 45 | http://cafe.naver.com/joongangcinema
·인디플러스 포항 | 경북 포항시 북구 서동로83 2층 | www.instagram.com/indiepl020pohang
·씨네아트리좀 | 경남 창원시 마산합포구 동서북14길 24 | www.espacerhizome.com
·인디씨네 | 경남 진주시 동부로169번길 12 B동 1709호 | www.jjmedia.or.kr

● 광주·전라

·광주극장 | 광주 동구 충장로46번길 10 | https://cafe.naver.com/cinemagwangju
·광주독립영화관 | 광주 동구 제봉로 96 광주영상복합문화관 6층 | www.gift4u.or.kr
·전주디지털독립영화관 | 전북 전주시 완산구 전주객사3길22 전주영화제작소 4층 |
www.jeonjucinecomplex.kr
·시네마라운지MM | 전남 목포시 수강로4번길 19 2층 | www.instagram.com/cinemaloungemm

● 대전·충청

·대전 아트시네마 | 대전 동구 중앙로 192 3층 | https://cafe.naver.com/artcinema
·씨네인디U | 대전 중구 계백로 1712 기독교연합봉사회관 | https://cafe.naver.com/cineindieu
·인디플러스 천안 | 충남 천안시 동남구 중앙로 111 천안시영상미디어센터 | www.인디플러스천안.kr

추천의 말

우리가 영화를 보러 가는 극장은 저마다의 이야기를 지니고 있다. 이 책에는 작가가 전국을 누비며 방문한 독립예술영화관의 역사와 극장에서 일하는 사람들의 이야기가 담겨있다. 극장이 어려운 시기에 극장에 대한 추억과 극장을 지키는 사람들의 목소리를 기록한 책을 만나게 되어 반갑다. 석류 작가의 이러한 작업은 소중한 기억을 기록하는 일의 가치를 아는 사람, 자신이 애정하는 것을 더욱 사랑하려는 마음을 지닌 사람만이 해낼 수 있는 일이라 미덥다. 그 작업의 결과물인 이 책은 소개하는 극장들에서 상영되는 "작지만 큰 가치를 지닌" 작품들과 결이 닮아있다. 페이지를 넘기며 작가의 여정을 따라가다 보면 자연스레 극장으로 발걸음하고 싶어진다. 이 감흥을 극장을 사랑하는 모든 분과 함께 나누고 싶다.

- 정대건 (영화감독, 소설가)

영화를 어디서 보느냐에 따라 영화에 대한 감상은 다르게 남는다. 나 또한 헤어졌던 애인과 다시 만나 지금은 없어진 작은 독립영화관에 방문한 적이 있었다. 멀티플렉스 영화관을 다녔을 때와 다르게 영화가 끝나고 나와서도 영화에 대한 여운을 그대로 간직할 수 있었다. 짧은 단편영화를 보러 2시간이 훌쩍 넘는 거리를 이동했던 과정, 영화가 시작되기 전 좁은 라운지에서 생소한 영화들의 포스터들을 마주했던 순간, 영화가 끝난 후 밖으로 나오니 들렸던 적막 속 바람 소리. 모든 순간이 기억에 남는다. 영화가 끝나지 않은 것 같았다.

이 같은 경험은 오직 독립영화관에서만 느낄 수 있다. 이 책은 전국에 있는 독립영화관에 직접 방문해 그곳을 지키고 있는 사람들에게서 들은 이야기와 그 영화관에서 관람한 영화를 소개한다. 각자만의 애정으로 독립영화관을 지키고 있는 이야기를 듣고 있으면 공간에 대한 호기심과 설렘을 느끼게 된다. 내가 지켜내고 싶을 만큼 무언가에 애정을 갖는다는 것은 이 땅에 태어난 모든 사람들이 쉽게 가지는 감정은 아닐 것이다. 우리는 나 하나 지키기 힘든 각박한 현실에서 포기해야 하는 것이 너무 많은 시대에 살고 있기 때문이다. 때문에 독립영화관을 지키고 있는 이들의 이야기는 독자들에게 큰 울림으로 다가올 것이다.

독립영화관은 영화를 찍어 관객들과 만나고자 하는 감독들에겐 꿈의 공간이고, 좋은 영화를 만나고자 하는 관객들에겐 현실에 치여 잊고 있던 나를 만나는 또 다른 세상이다. 영화는 참 복이 많다. 이렇게 많은 사람들이 애정으로 지켜내고 있으니까. 각각의 독립영화관 소개가 끝나면 작가는 그 영화관에서 직접 보고 온 영화를 소개한다. 그 감상평을 읽고 있으면 꼭 함께 영화를 보고 온 느낌이 든다.

독립영화관에서 좋은 영화를 소개하듯, 작가는 이 책에서 독립영화관을 소개한다. 나는 이 책을 소개하고 싶다. 영화에 대한 그들의 사랑이 독자들의 삶에 설렘으로, 희망으로 다가오길 바란다. 나는 다시 많은 사람들과 영화를 같이 볼 그날까지 많은 독립영화관들이 그 자리에 존재해 주었으면 좋겠다. 영화가 끝난 것 같지 않았던 그 순간을 다시 만나고 싶다.

- 박윤진(영화감독)

내가 사랑한 영화관

초판1쇄 인쇄 2021년 3월 17일
초판1쇄 발행 2021년 3월 25일

엮은이 석류
펴낸이 최병윤
편집자 이우경
펴낸곳 알비
출판등록 2013년 7월 24일 제315-2013-000042호.
주소 서울시 서대문구 증가로30길 29-2, 1층
전화 02-334-4045
팩스 02-334-4046

종이 일문지업
인쇄 수이북스

ⓒ석류
ISBN 979-11-91553-00-0 03810
가격 14,500원